メディアワークス文庫

あなたと式神、お育てします。

〜京都西陣かんざし六花〜

仲町六絵

目　次

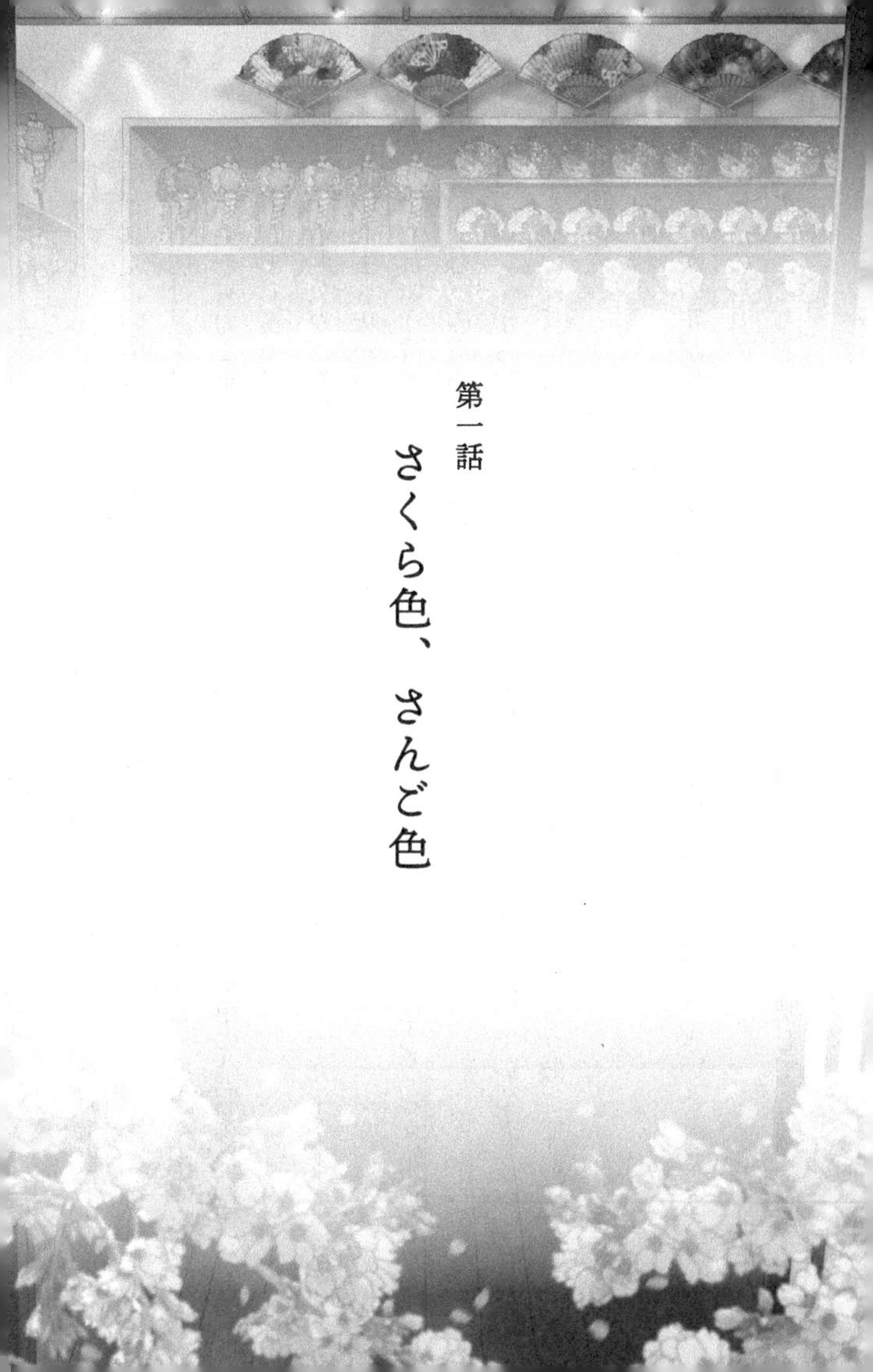

第一話

さくら色、さんご色

自分の先祖は平安時代の有名な陰陽師《おんみようじ》・安倍晴明《あべのせいめい》だと言われて、本気で喜ぶ子どもはどれくらいいるのだろう。

安倍晴明は星を見て吉凶を占い、式神と呼ばれる者たちを使役《しえき》し、悪鬼や呪詛《じゆそ》を祓《はら》い、天皇や有力な平安貴族にも信頼されたという。現代では京都市の晴明神社《せいめいじんじや》に祀《まつ》られ、銅像まで建っている。

——晴明公がご先祖様だよ、って親戚みんなから言われ続けて、十九年かぁ。

他の人生も味わってみたいと晴人《はると》は思う。

倦《う》む、という言葉が今の気持ちにはぴったりだ。近い意味で倦怠感《けんたいかん》という熟語もあるが「うむ」の重い響きがよりふさわしい。

石のベンチから眺めれば、早朝の穏やかな陽光が疏水《そすい》に降り注いでいる。

疏水沿いは哲学の道と呼ばれる桜の名所だが、ソメイヨシノはもう散って淡い青葉が芽吹いている。

そのかわり、八重桜が満開だ。

いくつかの花が集まったまん丸い花房も、その周りを飾る葉もいきいきとして、空飛ぶ桜餅の群れのようだ。

疏水はところどころに光を反射させながら、曙《あけぼの》の空と八重桜を映している。

どこかでウグイスが巧みに鳴いた。

澄んだ声にかえって憂鬱さが増してきて、前髪を掻《か》きあげる。

ややオーバーサイズの白いシャツを袖まくりして、黒いスラックスとのバランスを見直してみる。そうしていると少し気分がましになるのは、猫の毛づくろいみたいなものだろうか、と思う。

この春入学した大学にはすぐ慣れた。友人もできた。しかし陰陽師の子孫であることからは逃れられない。

「天気のいい朝に、じいちゃんの言いつけで寺参り。もうちょっと普通の学生生活が良かった」

周りに誰もいないので、思ったままを口に出してみた。

「真如堂《しんにょどう》は、きらいじゃないけどさ」

今いる哲学の道は、目的地ではない。本来行くべき真如堂へまっすぐ向かうのが癪《しゃく》なので、寄り道をしたのだ。

シャツの胸ポケットから、折りたたんだ便箋を出す。万年筆で几帳面《きちょうめん》に書かれた文字は、祖父のものだ。

晴人へ

あらためて、大学入学おめでとう。

新生活が落ち着いたら、安倍晴明公ゆかりの場所へご挨拶に行くように。

細かく言い出せばきりがないので、晴明神社と真如堂だけでよろしい。

祖父より

祝福の言葉からいきなり事務的な指示に移行するあたり、祖父の性格が出ている。こういう時に長々と己の心情を書き連ねるような祖父だったら、晴人はもっと反発していたかもしれない。

——陰陽師の子孫なのは嫌じゃない。親族会議で「桔梗《ききょう》家の総領」って呼ばれるのは面倒くさいけど。

総領とは、家を継ぐ跡取りのことだ。

祖父を始めとする親戚一同によると、自分たちは安倍晴明の子孫なのだという。なぜ平安京のあった京都市街ではなく北西の山奥に散らばって住んでいるかというと、室町時代に起きた戦乱から逃れてきたためらしい。

子孫といっても、直系ではなく傍流だ。苗字《みょうじ》も安倍《あべ》ではなく「桔梗」で、珍しいとは言われるが陰陽師に関係する家だと思われたことはない。

どの学科に進んでも良いが、進学先は京都にしろと祖父に言われて従った。地元は山里だが京都市街には大学が多いので不都合はない。だが、祖父に言われたままの進路でいいのかという思いはある。

今日だって、目が覚めた瞬間に大学の講義は昼からだと思い出し「じいちゃんに言われた件、やっとくか」とつい布団の中でつぶやいていた。

われながら従順すぎると思う。

手紙に「新生活が落ち着いたら」とあるのだから、もう少し後でもいいはずだ。

しかし結局、華やかな市街の中心部でもなく、誰かしら顔見知りがいそうな大学のキャンパスでもなく、真如堂の近くに来てしまった。

流れる疏水を見つめる。黒く大きな鯉《こい》が悠然と泳いでいて、気持ちよさそうだ。

――この鯉の方が、おれより主体性があるんじゃないか。

自虐に陥りかけた晴人は、鯉の背に白っぽいものを見つけて岸にしゃがみこんだ。

小さな人間、ではない。

小さな人間の形をしたものが、鯉にしがみついている。

――鯉も大変そうだ。

白い藻のように鯉に絡みついているのは、あの世へ行き損ねた魂だ。幽霊という呼び方もある。それらについて、晴人は恐怖を持たないようにしている。努力ではなく慣れの問題だ。

祖父からの手紙をポケットに戻す。

こんな時にどうすればいいか教えてくれたのは、祖父だ。

両手を合わせて小声で唱える。

地蔵菩薩《じぞうぼさつ》の力が籠められた言葉だ。真言《しんごん》ともいう。

「おん　かかか　びさんまえい　そわか」

迷える魂を背負ったまま鯉が身をひねり、さざ波が立つ。

水面を割って、小さな人の形をしたものが飛び出した。煙に変化《へんげ》したかのように、それは空中を漂っている。

泣き声まじりの（ありがとう）という言葉が聞こえた。しかし晴人は反応しない。

――送り出すのが目的だから返事をしない。後は閻魔大王《えんまだいおう》に任せる。

祖父に言われたことだ。

地蔵菩薩の力と閻魔大王の力は表裏一体、晴人の役目はただ地蔵菩薩の真言を唱えるだけ。死者と話す行為は晴人にはまだ早い、と。

──ごめん。話、できなくて。

かつて人であった白いものは、もう一度「ありがとう」と言って南へ飛び去っていった。方角からすると、永観堂《えいかんどう》のあたりへ引き寄せられていったようだ。

「みかえり阿弥陀《あみだ》様に呼ばれたのかな、あの人」

永観堂の本尊《ほんぞん》は、後ろを振り返る阿弥陀仏の立像なので「みかえり阿弥陀」と呼ばれている。自分よりも後ろで迷っている者を振り返って導こうとする姿だ。あの魂は、みかえり阿弥陀の力で冥府《めいふ》へ──死者の世界へ迎えられるのかもしれない。

──良かった、良かった。

「見事だねえ」

朗らかな若い女性の声だ。視線を動かした晴人は、疏水の対岸にすらりとした若草色の着物姿を認めた。

年の頃は二十二、三歳だろうか。ゆるく結った黒髪を、銀と真珠のかんざしが飾っている。

──さっきの独り言、聞かれた？　みかえり阿弥陀様がどうこうって。

変に思われたに違いない。晴人はつい無言になった。

着物の女性は、こちらの返事など期待していない風で南の方角を眺めている。

まるで、あの魂が飛んでいった軌跡を思い返しているかのようだ。

——見事って、おれがやったことについて？　いや、まさか。

「あ、八重桜がですか？」

きれいですよねと付け加えようかと思ったが、やめておいた。親族会議で「桔梗家の総領は端的に話すのは良いが省略しすぎる」と言われた覚えがある。まったく、親戚たちの言う通りだ。好ましいと思う相手に対しては、特に話し下手になる。

美女は、答えずに微笑《ほほえ》んだ。紅色《べにいろ》の唇がしなやかに動く。

「真如堂をきらいじゃないなら、何なんだい？」

——そこから聞いてたのかよ！　怖っ。

だが、おかしい。真如堂参りを厭《いと》う言葉を吐いた時、自分は周りを確認したはずなのだ。強いて言えば、近くにいたのは鯉と、鯉にしがみついていた魂と、巧みに鳴いていたウグイスだ。人間の姿は、なかったはずである。

晴人は対岸の美女の正体について、三つの可能性を考えた。

可能性その一、気配を消すのが巧みな忍者の子孫。陰陽師の子孫がいるくらいだから、いてもおかしくはない。

可能性その二、あちらも陰陽師の子孫であり、何らかの術を用いて気配を消していた。その場合、飛び去った魂を視認していたと思われる。

可能性その三、非常に耳が良い、いわゆる地獄耳の女性で、なおかつ京都に思い入れがある女性。真如堂にケチをつけられたと感じて、声をかけてきた。

一番ありそうなのは地獄耳の京都好きかな、と思う。

――まあ怪しいけど、人間相手だから喋《しゃべ》っていいよな、じいちゃん。

心のどこかに余裕がある。

幼い頃から「桔梗家の総領」と「普通の男子」の二役をこなしてきた。死者の魂や、あやかしと呼ばれる者たちに話しかけられながら学校や塾へ行く、そんな暮らしを破綻させず続けてきたのだ。臆する理由はない。

「なんでおれを見てたんですか」

単刀直入に聞いた。腹の裡《うち》を探るような駆け引きは、好きでも得意でもない。

「安倍晴明公から、見てくるように頼まれたんだよ。子孫の気配が哲学の道をうろうろしているからって」

「いや、安倍晴明って。その人死んでますよね？」

「一回死んで生き返ってる。真如堂にも絵巻で伝わってるだろう？」

「『真如堂縁起絵巻《しんにょどうえんぎえまき》』ですね。って、何言ってんですか」

ほとんど棒読みで返してから（可能性その二かな）と思う。

晴人は自分の出自《しゅつじ》が分かるような手がかりを一切与えていない。この女性も陰陽師の子孫で、何らかの伝手《つて》を用いて晴人のことを知ったのだろうか。

「百歩譲っておねえさんが陰陽師の関係者でも、うさんくさすぎる」

「うんうん、怪しいよねえ。怪しまれるから嫌だって、私も晴明様に言ったんだけど」

美女は白く長い指で襟元を押さえた。心痛を隠すような、愁いを含んだ眼差《まなざ》しが色っぽい。

――怪しまれてる最中なのにマイペースだな。まだ晴明って言ってるし。

祖父や両親の話では、陰陽師の子孫は日本全国に散らばっているらしい。親族会議で見かけた覚えはないので、遠い土地の出身だろうか。

「あのー、どちら様ですか？」

「茜《あかね》、と呼んでくれたら嬉《うれ》しいね」

言い回しからすると、本名ではないのだろう。

「初対面なんで、名前呼びはちょっと」

「ふうん？」

茜は若草色の袖を翻した。すらりとした身体《からだ》が一羽《いちわ》のウグイスとなる。

――えっ、そこまでできるの？

八重桜の枝で、ウグイスは高らかに鳴いた。お手本のように整った声調だ。

――可能性その四、鳥に変身しておれを見張ってた。……分かるわけあるか！

内心で叫んだ時、ウグイスがこちらに急降下してきた。

――嘴《くちばし》で刺される？

反射的にのけぞった晴人を笑うかのように、ウグイスは胸ポケットに飛びこんだ。便箋をかっさらって、八重桜の枝に戻っていく。

「返せ！」

ウグイスは便箋を足元に置き、小さな脚で押さえてから嘴を開いた。

「ねえ、式神は持っているかい？」

人の姿をしていた時と同じ、艶っぽい女性の声であった。

「うわっ、喋った」

「あははは。ウグイスに変化した時より驚いてる。おっかしいねえ」

便箋を脚で踏んだまま、ウグイスは――茜は笑い声を上げた。

「そうやって笑うけど、自分は持ってるんですか。式神」

むっとしながらも質問したのはなぜか、晴人はもう分かっていた。

茜ともっと話したい。茜がどこから来て、なぜ自分に声をかけたのか知りたい。

「私は陰陽師じゃあないよ」

「だったら、何者なんですか」

「私は、陰陽師と式神を育てる者。安倍晴明公の依頼を受けてね」

「陰陽師を育てる者は、上の代の陰陽師じゃないんですか。うちの祖父と、あと父みたいに」

「おや、自分のことを話してくれたね」

弾んだ声が返ってきた。

これが人の姿だったら笑顔を見られたのに、と晴人は残念に思う。

「式神を『持つ』なら分かるけど、式神を『育てる』なんて聞いたことない。親戚の誰からも」

「親戚ねえ。君は、どの家の子なんだい？　桔梗家、南天《なんてん》家、柊《ひいらぎ》家……」

茜が列挙したのは、陰陽師の子孫とされる家だ。親族会議のメンバーでもある。

「子じゃない。桔梗晴人」

「ほうほう。晴明様と同じ晴れるという字に、人かい？」

「そうだけど」

「うちの店と、いい組み合わせだ」

「店って？」

「西陣《にしじん》の『かんざし六花《りっか》』。六の花と書いて六花だよ。雪の別名」

——ああそうか、雪の結晶は花びらが六枚の花みたいだから。

雪に関する知識なら、普通の若者よりあるつもりだ。生まれ故郷の京北《けいほく》町は結構な量の雪が降るのだ。

「西陣って呼ばれる場所は広いけれど、店の名前で検索すればすぐ出てくるよ。市バスなら204号系統に乗るといい」

「鳥にアクセス案内されるとは思わなかった」

「店でないとゆっくり話せないじゃないか」

「式神を、育てるっていう話？」

「そうさ」

ウグイスは軽く羽づくろいをする。

「地蔵菩薩の真言に力を借りるのも良いけれどね、晴人君」

名前呼びだ。晴人の苦言をまるで無視している。

「自分自身の力が欲しくはないかい？」

「おれに力がないって話ですか」

トゲのある声で晴人は聞いた。見くびられるのは我慢できない。

「力のない者に声なんかかけないよ。陰陽師はね、自分の強みから式神を創り、式神を使うことでさらに強くなるんだ」

茜はこちらを侮っているのではない。何か未知の世界に引きずりこもうとしている。ますます怪しいが、軽く見られるよりはいい。

「陰陽師と式神の相乗効果で、お互い強くなる？」

「うまくまとめてくれたね。たとえるなら、強い力があるから弓を引き、弓を引くから強くなるようなもの」

晴人は自分の左手を見つめた。弓ならこの手に持った経験がある。ただし弓道ではなく、祖父に教わった祓《はら》えの儀式でだ。左手に弓を持ち、右手には矢を持たずに、弦を鳴らして魔を祓う。鳴弦《めいげん》の儀式だ。

「待っているよ、西陣で」

来ると確信している声音《こわね》でウグイスは言い、便箋をくわえて飛び立った。青みを増した朝の空を西へと飛んでいく。西陣の方角だ。

――持ってかれた。じいちゃんに連絡するべき？

しかし、手紙を他人に奪われた、とは伝えにくい。出したスマートフォンで、とりあえず店の位置を調べはじめる。

「普通に真如堂参りするよりめんどくさい事態になった……」

画面に地図が表示された。

「手紙返せ、ったく」

ぶつぶつ言いながら歩きだす。

言われた通りに行けば、人間の姿の茜に会える。ほのかな期待を、晴人は自覚していた。

＊

市バスから降りて不慣れな道をしばらく歩くと、道の突き当たりに鳥居と狛犬《こまいぬ》が見えた。狛犬を陽光から守ってやるかのように、梅の青葉が茂っている。学問の神様として知られる北野《きたの》天満宮《てんまんぐう》の東門だ。大学受験前に合格祈願で来た時は、白い梅のつぼみが堅くすぼまっていたのを覚えている。

――大学、合格しましたよ。後でお礼参りに来ます。

鳥居に向かって軽く会釈する。何が見えるわけでもないが、そうしたかった。

スマートフォンで確認すると、茜の店は北野天満宮から見て北東に位置し、細い路地に面しているらしい。かんざしを売るには不利そうな場所だ。

――まるで、北野天満宮の丑寅《うしとら》の方角を守っているみたいだ。

陰陽道《おんみょうどう》では、北東つまり丑寅の方角は鬼門とされる。平安京の鬼門を比叡山《ひえいざん》が守っているように、茜の店は北野天満宮を守っているのだろうか。

ふと、迂闊《うかつ》さに気がついて髪をかき回す。

まだはっきりした正体を聞いていないにもかかわらず、自分の中で茜は良き存在となっている。

――じいちゃんにも美女にも従順だなんて軟弱、軟弱。

店の公式サイトを開く。トップページに載っている町家が「かんざし　六花」だ。

玄関の右側をショーウィンドーに改装し、布細工のかんざしを並べているのが特徴的だ。軒先には店名を記した小さな看板が掛けられている。

よく見ると玄関脇の花入れに桜が一枝活《い》けてある。店先に花を飾るだけでなく季節に合わせて画像を更新する女主人の心映えを感じて、やるなぁ、と思う。

──これだけ特徴のある店なら、見落とさないだろ。

安心して細い路地に足を踏み入れたが、すぐに不安になった。

窓に格子を嵌《は》めた二階建ての町家が、あちこちにある。

ある町家はゲストハウスのようで、英語の店名を染め抜いた暖簾《のれん》を掲げている。その隣の何軒かは玄関先に鉢植えがあり、普通の住宅のようだ。

思っていた以上に町家が多い。鉄筋や鉄骨の住宅の方が少ない。

学生向けと思《おぼ》しきワンルームマンションと普通の町家の間に小さな地蔵堂を見かけ、晴人は足を止めた。

大人二人で抱えこめそうな地蔵堂はきれいに掃除され、真新しい花が飾られている。町内を守る地蔵だろう。堂内に鎮座する石の地蔵は角が取れてまろやかな形になっており、いったいどれだけの風雪を経てきたのかと思わせる。

──どうもお邪魔します。

しばし手を合わせ、歩きだした。

次の角に来ると、また小さな地蔵堂があった。同じように手入れされ、石の地蔵を収めている。京都の街中でも地蔵信仰が盛んなのだ。夏の終わりの地蔵盆には、町内の子どもを集めて菓子を振る舞ったり法話をしたりするのだろう。

ここでも手を合わせる。地図によれば、茜の店はもうすぐだ。

「おお、地蔵菩薩の加護を受けた子が通る」

楽しそうな声に振り返ると、白い獣がいた。大きさは中型犬くらいか。稲荷《いなり》の社《やしろ》を守る狐《きつね》にそっくりだが、前掛けは赤色ではなく青色だ。

──じいちゃん。京都の街中、何かいるよ。

見なかったふりをしたのは、対応の仕方が分からなかったからだ。

死者、そしてあやかしと呼ばれる者たちと直接口を利くなと言われているが、この狐は何なのか。

「お前さんが手を合わせたら、地蔵が喜びできらきら光ってござった」

──そうかぁ？　単に、お地蔵様を彫った石が大理石だったんじゃないか。

比叡山周辺では、きらきら光る雲母《うんも》を含んだ大理石が採れる。京都からの登山道には「雲母坂《きららざか》」と呼ばれる坂もあるほどだ。

晴人と並んで、白い狐は跳ねるように歩く。川のせせらぎに似た涼しげな鈴の音《ね》が、一緒についてきた。

──町内放送じゃないよな。

視線を上げて、スピーカーがないのを確認する。四月の朝にしては日差しが強い。

「わが鈴の音が分かってござるな？　恥ずかしがり屋の青年よ」

晴人は思わず足を止め、白い狐を見下ろした。耳の先や尻尾の先も、前掛けと同じく青い。露草の花の色だ。

「わたしは観世稲荷《かんぜいなり》の使い、水月《すいげつ》。水に映る月の名を持つ。なぜだか分かるかな」

人を恥ずかしがり屋呼ばわりしておいて、水月と名乗る狐は問うてくる。

──知らん。能の観阿弥《かんあみ》と世阿弥《ぜあみ》なら知ってる。

心の中だけで返事をして、晴人はまたも見かけた地蔵堂に手を合わせる。水月が言うような光は見当たらないので、やっぱりうさんくさいぞ、と思う。

「わたしは西陣中央小学校そばの観世稲荷社にて御使《みつか》いを務めておる。観世稲荷社は戦を経ても美しき水を湛《たた》えておるのだ。そなたは水と縁があるようだ、嬉しいのう」

──水と縁？

何のことだろうか。故郷の京北町には桂川《かつらがわ》の源流が流れており、鮎《あゆ》が捕れる。朝廷へ献上していた時代もあるらしい。

「後ろからついてくる者にも返事をしてやらぬのか？　ほれ」

水月が尖《とが》った鼻先を上向けるのにつられて、路地の向かい側の屋根を見上げる。白い草履と足袋、黒っぽい着物の裾が目に入った。

視線を上げていくうちに、漆黒ではなく暗い褐色の着物だと気づいた。

茜よりも少し年かさの、髪の長い女性が瓦屋根に立っている。

――また美女か。今度は、明らかに人じゃないっぽい。

「あのウグイスの人についてゆくのか？」

屋根の上から恨めしげな声で言われ、ぽかんと口を開けそうになる。

――哲学の道からついて来てたのか。ほんっと、よく尾行される日だな！

シャツが風をはらむ勢いで、晴人は大股に歩きだした。目指すは、かんざしを飾り看板を下げた町家だ。道の並びに看板が見えてきて、ますます足が速くなる。

「待て待て、ウグイスの人とは？　もしやわたしの知人……」

水月の声が聞こえたが、かまわず駆けた。看板の文字、ショーウィンドーに飾られた桜の花かんざし、掛花生《かけはないけ》の椿《つばき》も確認して暖簾を跳ね上げる。

「お邪魔しますっ」

引き戸を開けて、即締める。足元で「きゅう」と悲鳴が聞こえた。

「あなや、危ないではないか。挟まれると思うたぞ」

「入ってくるのかよ！」

晴人は思わず呆《あき》れ声を出した。足元で水月が、ベースに飛び込みタッチした野球選手のごとく平たくなっている。スライディング入店だ。

「ひゃひゃひゃ、やっと口を利いてくれた」

――びっくりさせるからだろ！

深くため息をつきながら、あたりを見回す。帳場横のショーケースに花かんざしが並び、壁際の棚には巾着や櫛《くし》、絵葉書などが陳列されている。かんざしだけでなく和物の雑貨も扱うようだ。

「いらっしゃい」

帳場の奥の暖簾が動いて、茜が現れた。若草色の着物も、銀に真珠を飾ったかんざしも、哲学の道で会った時と変わらない。ただ、今はたすきで袖をくり上げている。台所から出てきたような生活感が意外に思えて、晴人は挨拶を返しそびれた。

「水月どのも晴人君も、いつの間に顔見知りになったんだい？」

「ごきげんよう、茜どの。今そこで行き会ったばかりじゃ」

「あれまあ」

「この若者が地蔵堂に手を合わせる度に地蔵様がきらきらと喜びなさるので、話しかけた。しかし恥ずかしがって口を利いてくれなんだ」

「おや。シャイなんだね」

「祖父から、言われてるんです。人でない存在と喋るなって」

水月は「ほう、おじいさまの教育」と相槌《あいづち》を打ち、茜は「水月どのは大丈夫だよ」と微笑んだ。

「亡者やあやかしなら危険かもしれないが、水月どのは観世稲荷の御使いだ。おじいさまは、神仏にも反応するなとおっしゃっていたのかい？」

「それは……」

みっともない、恥ずかしい、という思いを押し隠して答える。

「おれは、神様や仏様と呼ばれる存在から、働きかけられた経験がありません。親戚には何人かいるって聞いてるんですけど」

水月が尻尾を振った。

「観世稲荷の御使いたるわたしが、神仏からの働きかけ第一回であるな。ハル坊」

「ハル坊って、おれ？」

「晴人君だからハル坊だ。照れるな、照れるな」

「照れてない。もう十九歳だからやめて。この間誕生日だったから」

水月はしょんぼりとうつむいた。

「小学校の傍らに社があるとはいえ、昨今はわたしの姿を見られる子が少ない。寂しく思っておったから、年若い者と話せて嬉しかったのだ。すまぬ」

「え、あ、いや」

子どもではなく「年若い者」というもっと大きな枠で捉えられていたらしい。

「いいよ、子ども扱いされたんじゃないなら、いいよ。顔上げて」

「さようか、ハル坊！」

目も口も大きく開いて、水月が元気を取り戻す。

「では、瓦屋根の君とも話してやってくれぬか」

「瓦屋根の君って、さっきの」

「そうとも」

「誰のことだい？」

茜が尋ねるのも無理はない。

「まあお茶を淹《い》れるから、座敷《ざしき》へお上がり。横の暖簾《のれん》から」

帳場の横にも暖簾がある。その先で靴を脱いで畳に上がれるようだ。

――式神を育てるって話、後回しになっちゃうな。

午後の授業に間に合うのだろうか。

異変の中で日常的な心配ができるのは、十九年の人生の成果かもしれない。

「お邪魔します」

店に入った時とは違う、余裕のある所作で晴人は暖簾をくぐった。

＊

じゃあ「ウグイスの人」が話をつけようじゃないか。

事情を聞いた茜は、そう言って帳場へ出ていった。

晴人は今、茜が出してくれたお茶のおかわりを飲みながら座敷で待っている。

足を崩していいと言われたので遠慮なく座布団であぐらをかき、周囲を見回す。まるで円陣のように、六枚の短冊が晴人を取り囲んでいる。茜曰《いわ》く「結界だからそこから出ちゃいけない」とのことであった。

座敷にいろと指示すれば済む話なのに、なぜ結界などと言いだすのか。最初はいぶかしく思ったが、五分ほど待っているうちに分かってきた。

――茜さんは、話を聞かせたくないんだ。

暖簾の向こうからは声どころか物音も聞こえてこない。茜についていった水月の声や鈴の音も同様だ。結界の効果なのだろう。

——安倍晴明が生きてて、茜さんは陰陽師と式神の養成を頼まれたって話。本当なのかもな。

畳に手をついて、短冊に顔を近づける。

書かれているのは和歌だった。

天つ風　雲の通ひ路　吹き閉ぢよ
をとめの姿　しばしとどめむ

内容はごく単純だ。素晴らしい天女の舞を演じて退場する乙女たちを見て「天の風よ、地上から天への道を閉じよ。乙女たちの姿をもっと見ていたい」と詠《うた》っている。小倉百人一首《おぐらひやくにんいつしゅ》に採られている歌なので、晴人にとっては子ども時代のかるた遊びでお馴染《なじ》みだ。

晴人の意識は歌全体の意味よりも「閉ぢよ」の三文字に集中した。六枚の短冊を確認する。綴《つづ》られているのはすべて同じ歌で、深くうなずく。

——なるほど。おれは短冊の内側に閉じられているわけだ。だから外の音が入ってこない。

陰陽術の中には、言葉の力を活かすやり方もある。茜が使っている和歌もその一種だろう。

――茜さんが仮に二十三歳として。おれは、あと四年以内に使えるかな。

自分が知っているのは死者の魂を送る地蔵菩薩の真言と、弓の弦を鳴らして魔を祓う鳴弦と、いくつかの簡単な術ばかりだ。茜に指摘されたように、式神を持つなど思いもよらなかった。

――神様仏様からの働きかけも、なかったしな。

晴人の脳裏に、雪をかぶって輝く山が思い浮かぶ。幼い頃の、ある夜の記憶だ。

*

小学一年生の冬、二階の子ども部屋で一人で寝られるようになった頃であった。

夜中に目が覚めた晴人は、カーテンの隙間から床に差しこむ光を見た。

光の正体を確かめようとカーテンを開けると、円《まる》い月が輝いていた。

雪化粧した山並みが青白く染まって、月の光の広がりを恐ろしいと思った。

恐ろしいから、視線を下げた。

家の前の道に白い人影がいくつも見えた。

白い装いが似合う季節ではない。

カーテンを握ったまま壁の時計を見ると、人が出歩くような時間ではなかった。

白い人影には大きいものも小さいものもあって、家族だろうかと思った。家族で散歩を、そう、雪景色と月を楽しんでいるのかもしれない。

一つの人影が動く。

こちらを見上げた、と感じた瞬間、晴人は飛びのいていた。

廊下の灯《あか》りをつけて階段を駆け下りた。両親の寝室ではなく祖父の寝室に直行し、閉じた襖《ふすま》に手を当て、こわばった喉を動かした。

「おじいちゃん」

何度か呼ぶと、襖が開いた。

祖父の寝間着をつかんで、晴人は外の様子を訴えた。家の前に白い人たちがいて、こっちを見た、と。

「見に行ってやるから寝なさい」

晴人は猫のような勢いで祖父にしがみついた。

一人にされまいと必死だった。

頭をなでられながら「一緒に見に行く」と言った。

「ならばついてきなさい。ただし、ずっと黙っていなければ駄目だ」

無言で何度もうなずいた。「駄目」という言葉を祖父が使うことは滅多にない。

「晴人。外に行くのか」

いつの間にか父親がそばにいて、心配そうな顔をしていた。

「父さん」

と、父親が祖父を呼んだ。

「外に何かいるだろ。あんまり良くないのが」

「晴人は大丈夫だ。黙っていれば連れていかれない」

祖父が断言し、父親は晴人の背に手を添えてから「うん」と答えた。子を持つ父親の顔から、素直な息子の顔へ変わったように晴人には思えた。

父親はかがんで晴人と視線を合わせた。その時にはもう、父親の顔に戻っていた。

「気をつけて行くんだぞ」

「うん。気をつけて行く。ずっと黙ってる」

やっぱりお父さんお母さんと寝る——と言う気にはなれなかった。本で読んだことわざの通り「乗りかかった船」だと思った。それに、祖父と一緒ならば怖くない。

この時の晴人は、偽りなく思ったのだ。怖くない、と。

「ぼくも、お父さんとじいちゃんみたいになる」

初めて自転車に乗れた時よりも、勇ましい気持ちだった。

桔梗家が安倍晴明につながる家であり、不思議な術や神様に関わる仕事もしていると知識では知っていた。親族会議で隅に座ったこともある。もっとも、何の話をしているのか難しくて分からず、途中からは親戚の女の子が作る折り紙をぼんやり見ていたのだけれど。

母親も出てきて、晴人にコートを着せ、マフラーを巻いてくれた。

この日が来るのを分かっていたかのように、両親は落ち着いていた。だから、晴人も静かに祖父についていった。

月明かりの降り注ぐ庭に出て、祖父の手が印《いん》を結んだ。

門の向こうにいる白いものたちが、風にそよぐススキのように斜めに傾いた。

注目された喜びか、それとも部外者への怒りなのか。

白いものたちは立ったまま右へ左へ、人間とは思えないほど大きく揺らいでいた。

かわいいこだね、こっちへおいで、と白いものたちの一人が言った。

晴人は上の唇と下の唇を合わせて、返事などするものかと頑張った。マフラーが顎や頬に触れていて、守られている気持ちになった。

「おん　かかか　びさんまえい　そわか」

祖父の唱えた言葉で、白いものたちは動くのをやめた。

散歩の途中で地蔵堂に手を合わせる時、祖父がいつも唱える言葉であった。

――しんごん。おじいちゃんは、地蔵菩薩様の『しんごん』って言ってた。

「この子はお地蔵様に守られている。この子を傷つければ、お地蔵様がお怒りになる。あの世でお地蔵様ではなく、閻魔大王に会うことになる」

祖父の言葉遣いはいつもより易しかった。白いものたちにも分かりやすいよう、気を配っているのだと晴人は思った。

「あの世でお地蔵様に救ってもらえる方法を、教えよう」

白いものたちが小刻みに震えた。

行けるのか、行けるのか、と繰り返す声も震えていた。

「行けるよ。今お前たちが感じている寒さも、飢えも消える。楽になる」

ほう、ほう、とため息がいくつも聞こえた。

白いものたちはもう、晴人の存在など気にも留めないようだった。

「常照皇寺《じょうしょうこうじ》、という寺が近くにある。春になると大きな枝垂れ桜が見事に咲く」

手袋をはめた祖父の手が、遠くを指さした。晴人も知っている寺であった。

「その名は九重桜《ここのえざくら》。九重桜が咲く頃、お前たちはお地蔵様のもとへ行ける」

ほう、ほう。ほうほうほう。

ため息ではない、昂《たかぶ》った叫びが冷たい空気に満ちた。

晴人は口だけでなく目もつむって祖父の後ろに隠れた。怖いと叫びたかった。

「目を開けなさい。戻ろう」

祖父の言葉にうなずいてから目を開けたが、門の外を直視する勇気はなかった。

玄関へ向かって歩く途中で扉が開き、両親が迎えに出てきた。

泣かない、と思いながら手を振った。

泣いたのは母親だった。父親は「よいしょ」と言って晴人を抱き上げた。

手洗いとうがいをさせられ、一人で寝床に戻ってから、ようやく晴人は泣いた。

一人になってから泣くと決意したのはなぜなのか、分からない。

これでいいんだ、と布団の中で頬を濡《ぬ》らしながら思った。

あの白いものたちは死んだ人たちの魂で、次からは手を合わせて地蔵菩薩の真言を唱えれば良いと祖父から告げられたのは翌日のことであった。

＊

懐かしい、雪と月光が匂うような夢だった。

晴人は瞼《まぶた》に触れ、涙が出ていないのを確かめてから身を起こした。

「おやおや、頬に畳の跡がついてるね」

珍しいものを見るかのように、茜が言った。帳場裏の暖簾をめくって、座敷に顔を出している。晴人が起き上がる音を聞きつけたのだろうか。

——げっ。人の店で居眠りして、おまけにこんな。

頬についた凹凸に触れていると、茜が「まあまあ」と座敷に入ってきた。

「気にしなくても、すぐ消えるよ。晴人君は若いんだから」

「茜さん、大して変わらないじゃないですか」

「ははは」

茜が笑い、ついてきた水月は目をそらしている。何か言いたそうにも見える。

——待てよ。十九のおれが『ハル坊』で茜さんは『茜どの』って、おかしいぞ。

実は老女で、陰陽術で若い姿に化けているのだろうか。

だったら怖いな——と思っていると、茜の白く細い手が伸びてきた。

ぺたぺた、と頬に触れられて「ひえっ」と声が出た。

「外に『瓦屋根の君』を待たせているんでね。テストに答えてもらうよ」

「テスト？」

「『瓦屋根の君』に、晴人君は何度も会っているよ。さて誰でしょう」

——そんなこと言われても、全然覚えがない。

「式神を育てるには、自分の強みを知る必要がある。あの人は、晴人君の過去と強みに関係があるんだよ」

「おれの強みって言われても、何が何だか」

「茜どの、ヒントが要るのではなかろうか」

水月が助け舟を出してくれた。

「ヒントねえ……ああ、あれがいい」

茜は小簞笥《こだんす》の引き出しを開け、ペンケースほどの大きさの桐箱《きりばこ》を出してきた。

「開けてごらん」

茜に桐箱を手渡され、蓋を開ける。

中には一本のかんざしが入っていた。薄紅色の丸い玉に銀色の足がついている。

「玉かんざし？」

「そうだよ。よく知ってるねえ」

「祖母が時々つけていたから。小さかったからあまり覚えてないけど」

ずいぶん前に亡くなったことを察してくれたのか、茜は「そう」とだけ答えた。

「緑の翡翠《ひすい》や真っ赤な珊瑚《さんご》がついた玉かんざしもきれいだけれどね。この桃色珊瑚もなかなか可愛《かわい》らしいものだよ」

「ははあ、これがヒント、なるほど得心いたした」

納得している水月をよそに、晴人は首をひねる。

「このかんざしは、きっと晴人君の強みを思い出させてくれる。そして、強い式神を生んでくれる」

「かんざしが、式神を生む？」

「正確に言えば、式神は陰陽師本人の強みと、自然の産物が関わりあって生まれるんだよ。基本的にはね」

「ふむふむ。この場合は珊瑚ですな、茜どの」

また水月が納得顔で言った。茜が「その通り」と答える。

「おれ、海には縁がないですよ。テレビで珊瑚礁《さんごしょう》を見てきれいだなとは思ったけど」

「海。惜しい」

水月がよく分からないことを言った。

「先ほど、路地で話したであろう。ハル坊」

露草色の尻尾の先でつつかれて、にわかに思い出す。

「おれが、水に縁があるって話？　桂川の源流なら実家の近所に流れてるけど……上桂川っていう」

「ふむふむ。美しき流れであろうなあ」

「ありがとう。でも、それだけで縁になるのか？」

「充分だよ、晴人君」

茜が晴人の手から桐箱を引き取り、座卓に置いた。

「陰陽師の子孫なら、陰陽五行説《いんようごぎょうせつ》を知っているね？」

「そりゃ、知ってますよ。世界は陰陽二つの性質と、五つの要素でできているって。木、土、水、火、金」

「晴人君は、水気が強みのようだよ。水月どのに気に入られているし、哲学の道の鯉にも気に入られたようだ」

「はぁ？」

素っ頓狂な声を上げた晴人を、水月がつついた。

「ハル坊。そのように嫌そうな顔をされると傷つくぞ」

「水月のことじゃない。何で茜さん、鯉の機嫌が分かるんですか」

「死者の魂にしがみつかれてた、あのでっかい黒い鯉。晴人君のおかげで楽になったようだよ」

――何者だこの人。陰陽師とは別の、得体の知れない存在みたいな……？

しかしそれでも、茜と話していたいと思う。正体が老女でも、たぶん同じだ。

「水の持つ性質は『潤下《じゅんか》』。川のように、雨が地に沁《し》みるように、周りを潤しながら下りていく。慈悲深い性質だと思うよ」

――もっと強そうなのが良かったな。

「おや、あまり嬉しそうじゃないね」

「うーん、ピンとこないというか、おれのことじゃないみたいというか」

「そのうち馴染《なじ》んでくるよ。ところで、水は草木を育てるね？」

「はい、五行説でも『水は木を生ず』って言います」

「この珊瑚玉は色が薄くて、桃色というより桜のようじゃないか？」

なるほど色か、結構簡単じゃないか、と晴人は安堵《あんど》した。

「あの女の人は、桜の樹《き》の精、とか？」

茜がうなずき、水月が尻尾を振った。

「正解。さて、どの桜の樹でしょう？」

「あ、そうだった、『会ったことがある』桜でしたよね」

「ハル坊、だんだん楽しくなってきておるな」

「うっ。あの人を待たせておいて申し訳ないけど、自分の力とか、今まで知らなかったこととか知るの、ちょっと面白い」

水月は「ふむ」と尻尾を揺らし、小刻みに鈴の音を立てた。

「晴人君。『振袖さん』って呼び名に覚えはないかい？」

「……さあ？」

晴人にとって振袖と言えば、写真で見た若き日の母や祖母だ。母は成人式で、祖母は祖父との記念写真で華やかな振袖に身を包んでいた。

「桜の樹の精は、晴人君に『振袖さん』とあだ名をつけてもらったそうだよ」

「振袖さん……？」

目を閉じて、生まれ故郷の桜を思う。

街中へ続く自動車道にはソメイヨシノがずらりと並んで咲いていた。

山並みを見れば杉林に交じって山桜が点々と見えた。

そして、常照皇寺の枝垂れ桜。呼び名は九重桜という。

想《おも》いは幼い頃へ飛ぶ。小学二年生になったばかりの春の日だ。

祖父に連れられて坂道を歩いていた。

行く先には、薄紅色《うすべにいろ》の花を揺らす大きな枝垂れ桜があった。

若き日の祖母の写真を思い出して、幼い晴人は「振袖みたい」と枝垂れ桜を指さした。隣を歩く祖父が「そうか、振袖か」と返した。

「死者たちの目印になる大きな枝垂れ桜、というつもりだったが、振袖にも見える」

「おじいちゃん。あの白い人たち、どうして死んじゃったんだろう」

あの夜泣いたことを隠したまま、晴人は聞いた。

「遠い昔、山で亡くなった旅人のようだ。道も分からず流れた時の長さも分からず、さまよっていた」

「ぼくには『ほう、ほう』ばっかり聞こえた」

「今はまだそれでいい。小さいうちはそれでいい」

祖父の声が悲しそうなので、晴人はどう答えるべきか分からなくなった。結局、枝垂れ桜を目指しながら黙って歩いた。

晴人の記憶の中では、ずいぶんと長い坂道だった。記憶は美化されるというが、この日の常照皇寺は坂道と枝垂れ桜ばかりが思い出される。

枝垂れ桜のもとにたどり着いた晴人は、薄紅色の花々を見上げて「振袖さん」と呼んだ。その時、祖父が天を見上げて笑ったのだ。

「新しい名がついたぞ、九重桜」

枝垂れ桜が風に揺れた。

晴人には何も聞こえなかったが、祖父はうなずいていた。

「できれば毎年見に来てやりなさい。四月の半ばか終わりが盛りだ」

その言いつけを、晴人は守った。

ただ、大学に入学した今年だけは果たしていない。


「ハル坊や。ハル坊」

水月の呼ぶ声で、意識が引き戻された。

「お地蔵みたいに固まっておったぞ」

「ああ、うん。思い出してた。『振袖さん』って呼んだ時を」

「ふむふむ？」

続きを聞きたそうに、水月は見上げてくる。

「九重桜。常照皇寺の九重桜を見に行った時、振袖みたいだと思って呼んだんだ」

「自力で思い出してくれたね、晴人君」

茜が立ち上がった。

「外で待っているのは、九重桜の精だよ。私が聞いた話をそのまま伝えるわけにはいかなかったんだ。陰陽師は、自分の中に深く潜ることも必要だから」

「呼ぶのだな、茜どの」

「ああ。晴人君も、売り場に出ておいで」

「は、はい」

心の準備ができていない気がした。

頬についていた畳の跡が消えたのを触って確認し、靴を履いて売り場に出た。

来た時と同じように、花かんざしがショーケースに並んでいる。

「おいで。晴人君は思い出したよ」

引き戸が動き、暖簾が舞い上がる。

暖かい風とともに、黒褐色の着物姿が入ってきた。

今になって晴人はようやく気づく。

――この人の着物、振袖だ。

晴れ着とされる振袖に、黒褐色は珍しい。九重桜の樹皮の色だとようやく気づく。

「今年は見に行ってなかった。ごめん」

友人に無沙汰を詫《わ》びるような口調で言ってみた。

九重桜の精は眉をひそめて、口元を隠す。

「見頃は、まだ終わらない」

不満に思っているのだ。今年も見に来い、と。

「智晴《ともはる》は来てくれた」

祖父の名前を出してくるあたり、晴人の心の動かし方を分かっているようだ。

「見に行くよ。次の休みに」

「待っている」

振袖が翻った。黒褐色の生地に薄紅色がちらちらと舞う。早く来ないとこんな風に散ってしまうよ、と言われているようだ。

――珊瑚の色だ。あのかんざしの玉の色。

暖簾が風に舞い上がり、はたりと元に戻る。

茜が「行ったようだね」とつぶやいた。

「せっかちな桜の精だの。もう少し昔語りなどしていけばよかろうに」

「そうもいかないよ、水月どの。慣れない旅で疲れたのだろうさ」

茜が静かに戸を閉めた。水月は「なるほど」と言ってから、大きなあくびをした。

「晴人君、夕ご飯はどうするんだい？」

食べていくように言われるのかと思い、晴人は慌てた。今日会ったばかりの茜に、そこまでしてもらっていいのだろうか。いや、ある意味夕食以上に深く関わっているのかもしれないが。

「ええと、家で適当に作る予定です」

「ああ、約束がないなら良かった。悪いけれど、少し座敷で待っていてくれるかい」

——そっちか。

多少残念に思いながら「はい」と返事をした。

「ではハル坊、待っている間に観世稲荷の由緒を話してしんぜよう」

「それはいいねえ。じゃ、ちょっと失礼して」

茜は座敷に上がると、珊瑚の玉かんざしが入った桐箱を手に取った。

「晴人君に、式神を生み出す苗床を作ってあげようね」

「苗床？」

「依《よ》り代《しろ》とも言うみたいだね。晴明様の話では」

「『晴明様』って……？」

答えずに茜は帳場へ出ていく。そちらで何らかの術なり作業なりを行うようだ。

――じいちゃんに報告したら何て言うだろう。

晴明公を騙《かた》る怪しい人物には近づくな、と怒るだろうか。

それとも、もっと詳しく聞いてみなさい、と乗り気になるだろうか。

「では語り伝えようぞ、ハル坊。観世稲荷とはそもそも、観阿弥どの世阿弥どのを生んだ観世家の屋敷だったのだ。観阿弥どのの時代に、室町《むろまち》幕府第三代将軍足利義満《あしかがよしみつ》どのから拝領し……」

時おり尻尾を振って鈴の音をけたたましく鳴らしながら、水月は興奮気味に語りはじめた。すべて覚えておける自信はなかったが、晴人はひたすら耳を傾けた。

水月から観世稲荷の成り立ちを聞き終えた頃、茜が座敷に戻ってきた。

手には、紫色の組紐《くみひも》があった。真ん中には薄紅色の珊瑚が飾られている。

「かんざしから、組紐のブレスレットに作り替えたよ。アクセサリーが苦手なら、ポケットにでも入れておいて」

「苦手というか、着けたことないです」

深い紫色の組紐を、左の手首に巻いてみる。サイズは丁度良い。

「似合うね。晴人君は白や黒が似合うから、紫と薄紅色が良いアクセントになる」

茜に褒められて、晴人は自分の白いシャツと黒いスラックスを見た。

初めて、陰陽師に関係ない部分で茜に注目された。そのことが妙に嬉しくて、晴人はうまく言葉を返せなかった。

第一話・了

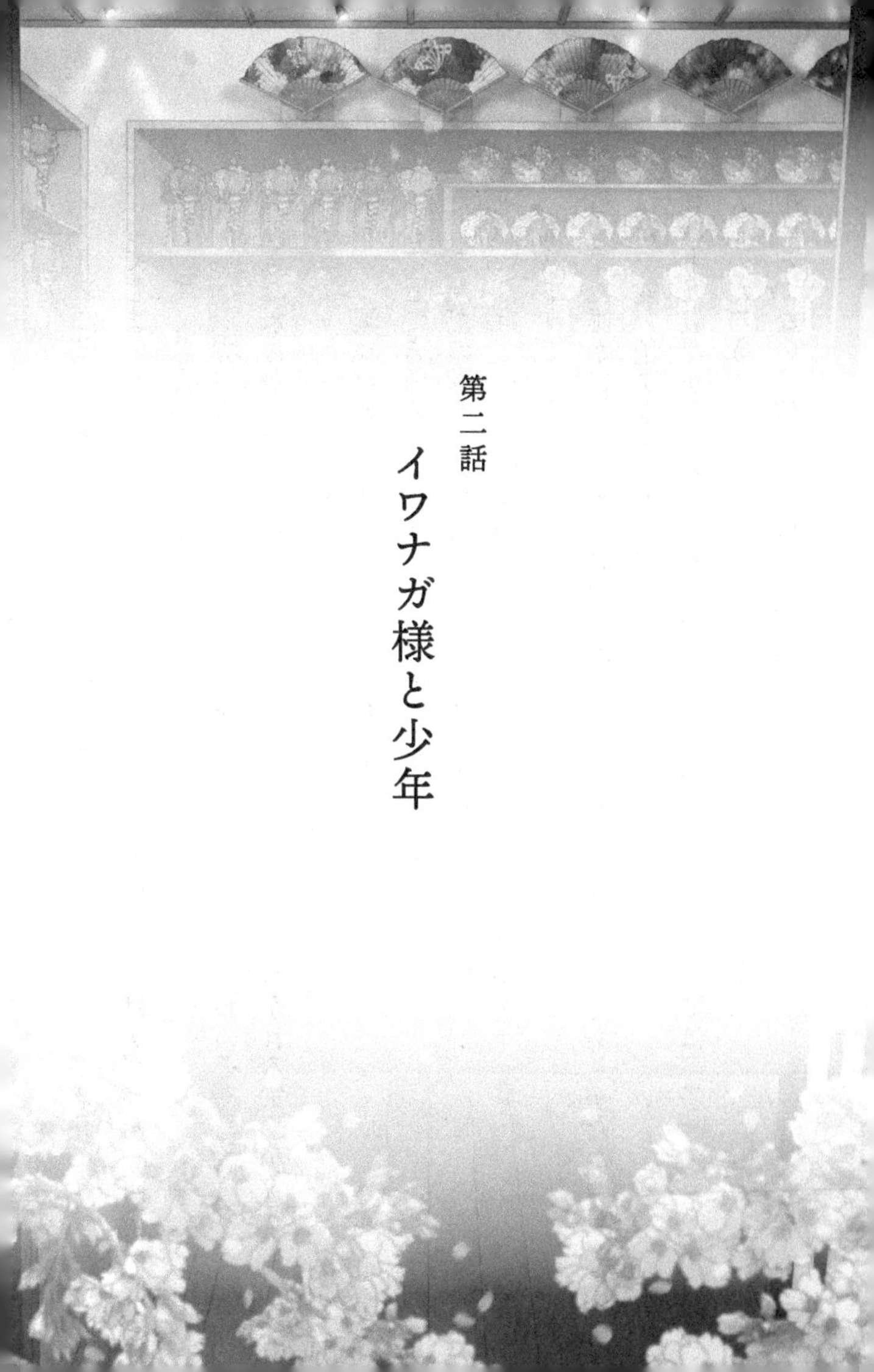

第二話
イワナガ様と少年

マンションに帰った晴人は、部屋着に着替えてから床に突っ伏した。帰ってそのまま床に寝てしまいたかったが、シャツとスラックスが皺《しわ》になるのは嫌だった。茜が似合うと言ってくれたのだから。

「あなや、ハル坊。めまぐるしき一日に疲弊しきっておるな。かわいそうに」

ついてきた水月が、頭のあたりに座りこんだ。鼻先で髪をつつかれる気配がする。

「くすぐったい」

「我慢せい。減った気力を補充してやっておるのだ」

「そんなことできるんだ。グルーミングされてるのかと思った」

「わたしをただの獣みたいに言うでない。観世稲荷の御使いぞ」

「今気づいたけど、御使いなのにおれについてきて良かったのか？」

「ぬ、気詰まりであるか」

「いや、また誰かについて来られたら困るから、家まで来てくれてありがたかった」

「ほほほ、愛《う》い子よなぁ。もっと頼れ」

おれは十九歳だからやめろ、と言いかけてやめた。水月にとっては「子」のカテゴリに入るのだろう。

「心配するでない。観世稲荷様には、話しておく」

「どう話すんだ？」

「わたしは若き陰陽師・桔梗晴人のお目付役になる」

「監視するのか。やだなぁ」

「監視し指導する役である」

「越権行為になるんじゃないか？ 神様の世界でもコンプライアンスは大事だろ」

「さすが今の若者、ハイカラな言葉を使いこなしおる」

「雑に言い換えると、規則や規範を守ろうって話だよ」

説明しながら晴人は起き上がる。夕食と、送ってくれた水月にお茶と菓子を用意するためだ。

「西陣に住む茜どのが陰陽師と式神を育てる。ならば、西陣に鎮座する観世稲荷の御使いが陰陽師のお目付役になるのは適材適所」

「自由すぎる御使いだ……」

「裁量権が大きいと言え」

沸かした湯でポットを温めていると、水月は「おお、茶を淹れてくれるのか。嬉しや」と尻尾を振った。首につけた鈴が二、三度鳴る。振動よりも水月の気分に応じて鳴るようだ。

「でもさ、茜さんって結局何者なんだ？　陰陽師・安倍晴明から依頼を受けて陰陽師と式神を育てる役を担っている……って、それは役割であって、正体じゃないよな」

「ふむ。少なくとも人間の若い娘ではない」

「へー。実はおばあさんだったり？　八十歳とか、百歳とか」

晴人の思いつきを、水月は「ふっ」と一笑に付した。

「たかが百歳程度の人間が、変化の術など使えるわけがない」

「じゃあ何歳なんだよ。おれを『ハル坊』って呼ぶくせに、茜さんのことは『茜どの』って年上っぽく呼んでさ」

「わたしも、あのお人のすべてを知っているわけではないよ。元々は人間であり、今は閻魔《えんま》庁《ちょう》第十四位の冥官《めいかん》である、とだけ」

「え？　今、閻魔って言った？」

片手鍋に水を注ぎながら聞き返す。そこが一番重要だと思えた。閻魔大王と地蔵菩薩は一体、と教えられてきたせいもある。

「言ったとも。閻魔大王が統括する閻魔庁、と」

「ほんとにいるんだ……閻魔大王」

ならば地蔵菩薩も実際にいるのだろうか。数えきれないほど地蔵菩薩の真言を唱えてきたが、その実在性となると実感が湧かない。

「ハル坊。夕餉《ゆうげ》はどのようなものを？」

「え？　ああ、インスタントラーメンにキャベツとネギと煮卵」

水月の問いかけで我に返り、吊戸《つりと》棚《だな》に手を伸ばす。取り出された袋麺を見て、水月の目が輝く。

「知っているぞ、塩ラーメンだな。人間が買うのを見たことがある」

「水月にも少し分けようか？　お茶とお菓子の方が良ければ、今準備してる」

「かたじけない、両方いただこう」

——狐って、ラーメンすするのかな。箸と、フォークも出してやろう。

片手鍋をＩＨ調理器に載せ、湯呑《ゆの》みと緑茶のティーバッグを二人分用意した。

「火をつけぬのか、ハル坊」

「火がなくても熱くなる機械だよ。触ったら駄目だからな」

「便利なものよ。よくよく見ればこの部屋、さまざまな機械がある」

水月はスタンド型掃除機や小型冷蔵庫に鼻を近づけては「おお珍しや」と感じ入っている。もともと日常に混じっていた異界がさらに拡大するのを、晴人はひしひしと感じた。

「閻魔庁って、どこにあるの」

湯が沸くのを待ちながら、晴人は尋ねた。

「人間たちの言う『あの世』だ。あの世の官庁街を冥府という。閻魔庁は、冥府の役所の一つにあたる」

「その閻魔庁で、閻魔大王が死者を裁いたり、地獄に送ったり……」

「嫌そうに言うでない。誰もが地獄に行くわけではないし、この頃は地獄行きになるほどの悪人は減っておる」

「へえっ、減ってるんだ」

自分は地獄行きにならないと確信しているものだから、つい晴人の声は明るくなる。

「おっと、喋りすぎた。地獄行きが減っておる件はこれ以上詳しく語るまい」

水月は慌てた風に、両耳をばたばたと動かした。

「いいけどね。おれが聞きたいのは茜さんのことだし」

沸いた湯で緑茶を淹れ、湯の残った片手鍋はもう一度加熱する。ラーメンや野菜をゆでるためだ。

「茜どのは、閻魔大王が統べる閻魔庁の第十四位の冥官。安倍晴明公は、第三位の冥官。つまり茜どのは晴明公の部下にあたる」

「ちょっと待て」

冷蔵庫を開けてキャベツをつかんだまま、晴人は水月を振り返った。

「おれのご先祖様が閻魔大王の部下になったなんて聞いてない」

「で、あろうなあ」

水月は鼻をひくひく動かしながら言った。

「早《はよ》うせねば茶が出すぎる」

「分かった、分かった」

冷蔵庫を閉めて、急いでティーバッグを引き上げた。両親に持たされた一口羊羹《ひとくちようかん》を五、六個皿に盛る。

「ありがとう、馳走《ちそう》になる」

座卓に出された茶と菓子を見比べて、水月は尻尾を振った。鈴の音が盛んに鳴る。

「茜どのも、晴明公も、死んで冥府へ行った後に冥府の官吏――冥官になったのだ」

「何で？」

「少なくとも晴明公は、陰陽師としての活躍を認められて。茜どのは知らぬ」

「水月も、詳しくは知らないんだな」

四角い乾燥麺を湯に沈め、洗ってちぎったキャベツを放りこむ。鍋に入れる順序は逆にするつもりだったのに、我ながら動揺している。

「茜どのは、ハル坊を気に入っておるよ」

「そうかな」

「私もハル坊を気に入っておる。地蔵菩薩のお気に入りであるしな」

「お気に入りかなぁ」

できあがったラーメンを分け合いながら、晴人は子ども時代の話をした。ただし、布団の中で泣いた点だけを省いて。

「なるほど。地蔵菩薩は時に『子安地蔵《こやすじぞう》』と呼ばれ、子どもの守護をする側面を持っておる。ゆえに、ハル坊の祖父は地蔵菩薩の真言を授けたのであるな」

小どんぶりからフォークで麺を手繰《たぐ》りながら、水月は言った。

「そういうこと。おれが地蔵菩薩に特別好かれているわけじゃない」

「いやいや。地蔵菩薩の愛し子《いとご》さ」

大仰な呼び方をされて、晴人は派手にむせた。

「違ってはおるまい。ハル坊に挨拶されて、地蔵菩薩はきらきら光って喜んでおったもの」

「おれにはそこまでは見えなかったけどね……。神様の御使いは、やっぱ見えるものが違うのかな」

「ほほほ。もっと褒めよ」

「はいはい。そんな偉い御使い様に頼みたいんだけど、後で一緒にビデオ通話に出てくれる？」

「何だ、それは」

尋ねてから水月はラーメンをすすった。「うまい」と尻尾を左右に振る。

「良かった。ビデオ通話はね、電話で喋りながらお互いの顔も見られる仕組み」

「ほほう。わたしが出て構わんのか」

「じいちゃんに今日のこと報告するんだよ。明後日《あさって》は休みだから九重桜を見に行きたいし」

「おお、花の時期に間に合いそうだな」

「うん。いきなり話しても信じてもらえないかもしれないから、一緒に映ってほしい」

「良かろう、良かろう」

「なあ、水月って映像に映るのか？」

「見える者には見える」

「うーん、じいちゃんなら見えると思う。父さんも。母さんはどうだろう」

勉強机でパソコンを起動させて祖父のアドレスに通話申請をすると、すぐに応答があった。

「じいちゃん。今、いい？」

「ああ、元気か晴人。こちらも連絡しようと思っていた」

およそ一ヶ月ぶりに見る祖父――智晴の顔は、まったく変わっていなかった。もともと頑健な体質ではあるが、孫としては安心だ。

「え、じゃあじいちゃん先にどうぞ」

「いや、晴人から先に言いなさい」

一瞬の間を置いて、晴人は足元に来た水月を抱き上げた。膝に乗せ、両前足をつかんでバンザイのポーズにする。

「こういうわけなんだ」

画面に映る水月は、目をぱちぱちと開閉して智晴を観察している。

「普通は分からんぞ。そのお方はどなたでどういう経緯で出会ったのか、第三者にも分かるように話しなさい」

「はい」

晴人の手を振りほどき、水月が身を乗り出した。画面に白い狐の顔が大写しになる。

「陰陽師どの。観世稲荷の御使い、水月と申す」

「おおっ、あの観世家にまつわる稲荷社の！」

望み通りの反応が得られたようで、水月は尻尾を振った。晴人は顎を毛皮ではたかれる格好になる。

「私は山国郷《やまぐにごう》に住まう陰陽師、桔梗智晴と申します。孫が失礼をいたしました」

智晴は恐縮した様子で、眼鏡の位置を直している。

「何の何の。こちらから見初めたのです。西陣の地蔵堂に手を合わせる、水に縁の深そうな若者を見つけたので気に入り申した」

「それはそれは光栄です」

頭を下げた後、智晴は鋭い視線を晴人に向けた。

「西陣と言うことは、晴明神社に行ったのか」

「いや、今日は先に真如堂へ行こうとして、哲学の道に寄ったら、茜さんっていう女の人に会って、西陣の『かんざし六花』に来いって」

一気呵成《いっきかせい》に話したのは、まっすぐ真如堂へ行くのが癪で寄り道をしたと悟られたくなかったからだ。智晴は目つきを和らげずに聞いている。

「安倍晴明公に頼まれて、式神と陰陽師を育てる役目を負ってるって言ってた。子孫の桔梗家の人間の気配を晴明公が悟って、茜さんは頼まれてウグイスになって飛んできた」

そこまで話し終えて、晴人は大きく息をついた。

「で、西陣に来て、水月に話しかけられた」

「ようやく話がつながったな」

うなずく智晴の瞳から鋭さが消えて、晴人は安堵した。見かけは温厚だが、時々目つきが怖くなるのは昔からだ。

「まだ先があるんだよ。着物姿の人に尾行されてて、それが、常照皇寺の九重桜だったんだ」

「美しい女だったろう」

智晴の言葉に「うん」と応えてから、思わず「待って」と声が出る。

「じいちゃん、会ったことあるの」

「昔から常照皇寺におるよ。今までお前に見えなかっただけだ」

「……父さんにも見えるの」

「ああ。見る力は成長するものだ」

自分だけ仲間はずれだったのか、と思い、その発想の子どもっぽさに落胆する。

「茜さんの仲立ちもあって、九重桜の精と約束したんだ。次の休みに花を見に行くって」

「いつだ？　車で迎えに行く」

「ありがとう。明後日なんだけど」

「問題ない。それでな、晴人」

「うん、何」

祖父にも話したいことがあるのだと、晴人は思い出した。

「信じてもらえないかもしれないが」

と、智晴は横に視線を流す。窓のある方向だ。

「さっき、窓の外にウグイスが止まっていてな」

もしかして、という言葉を晴人は呑《の》みこんだ。ウグイスといえば、だ。

「人家の窓辺に、しかも暗くなった時間に珍しい、と思って窓を開けたらな。部屋に入ってきて人に化けた」

「はぁい」

調子の良い声で、若草色の着物姿がフレームインしてきた。茜だ。

「信じるよ、じいちゃん。その人が茜さんだから」

「茜どの！　遠くまで飛びなさったなぁ。素晴らしい」

水月が膝の上で騒いだ。尻尾で鼻をふさがれて晴人は「うう」と呻《うめ》いた。

「じいちゃん、どうして窓開けちゃったんだよ。普通のウグイスと違うって気づかなかったの？」

「いやだねえ、私が入っちゃいけないみたいに」

茜がわざとらしく袖を目元に添えて泣き真似《なまね》をした。この人めんどくせえなあ、と晴人は思う。

「茜さんがいけないんじゃなくって。霊的防犯って言うか、陰陽師としてどうなのさ」

「亡くなった妻がウグイスになって帰ってきたのかと思った」

祖母の話をされては、何も言えない。

「申し訳なかったよ。勘違いさせて」

茜もさすがにしおらしい。

「お祖父《じい》さんにも話を通しておきたくてね。晴人君はきちんとしてても未成年だから」

言いながら、茜は少し後ろに下がった。智晴の距離を詰めすぎないよう気遣ったのだろう。

「私としては驚いたが、晴人が望んで力をつけてくれるなら何よりだ」

「じいちゃん、茜さんからおれのこと聞いたんだね……って、茜さん。どうしておれん家《ち》が分かったの？」

「晴明様から聞いてね。末裔《まつえい》とされる家は親類も含めて頭に入ってるよ」

「怖っ。閻魔庁の情報網、怖っ」

パソコンの画面から椅子ごと後ずさる。

膝の上で水月が「おっと」と体勢を立て直した。

「水月どのから聞いたのかい？　閻魔庁の件」

茜は動じていない様子だ。だから、晴人も安心して話すことにする。

「茜さんも、晴明公も、閻魔庁の冥官で……茜さんはもともと普通の人間だった、って聞いてる」

「そう。そうだね」

茜が寂しそうに言った。昔を懐かしんだのだろうか。

「ああ、晴人君。お祖父さんにちゃんと見せてあげなよ。組紐のブレスレット」

「う、うん。じいちゃん、ここから式神が生まれるんだって。式神の苗床で、依り代」

炊事をする前に外していた組紐ブレスレットを手に取って、画面の前に差しだした。

智晴は無感動な顔である。

「手入れを間違えないようにな」

「あっ、うん、茜さんから聞いてる。アルコールとか洗剤とかは避けるんだって」

智晴は後ろの茜を振り返る。

「かなり値が張るんじゃありませんか。宝石珊瑚も、組紐も」

――えっ、高いの？　組紐も？

茜の笑う声がした。智晴の斜め後ろに立っているので、表情は分からない。

「いいんですよ、立派な陰陽師と式神になって世の中に還元してくれれば」

――立派になって世の中に還元。うちの大学の先生みたいなこと言うね、茜さん。

智晴は別の感想を持ったようで「その件だが」と訝《いぶか》しげに言った。

「冥官として千年以上活動してこられた晴明公が、今になって陰陽師を育て、式神を創造させようとしているのは何故《なぜ》ですかな」

「よくぞ聞いてくださいました」

茜が、待っていたかのような声音で言う。

「京都を守る結界が近年緩んでいる、と晴明様はおっしゃるんですよ。原因は、都が置かれて経過した千二百年もの時間と、人の往来が激しくなったこと」

「我々には——桔梗家の人間には感じられないが」

「ええ」

と、茜が相槌を打つ。それ以上は何も言わない。

「我々が気づくほどの大きな乱れが生じる前に、晴明公は手を打っている。そういう流れですかな」

「察してくださってありがとうございます」

苦笑しているような茜の声であった。プライドを傷つけぬよう気遣ってくれたのだろうか。

「晴明様は、京都には地鎮祭が必要だ、とおっしゃいます」

「地鎮祭……。工事の前に土地の神に安全を祈る、あの地鎮祭ですか」

とっくに知っているはずの言葉の意味を、智晴は茜に確認した。まだ見ぬ晴明の意図を測ろうとしているようであった。

「ええ。結界を結び直す前の地鎮祭。その前段階としての儀式——さきがけ祭は、晴明様とその弟子が去年の春先に済ませました」

「段階を踏むのですな。その、さきがけ祭という儀式、地鎮祭、新たな結界、と」

晴明に弟子がいるという話に晴人は興味を惹《ひ》かれたのだが、画面の向こうで茜と智晴は話を進めていく。

「千二百年の結界の更新ですもの、時間も手間もかかるようですよ。地鎮祭のためには、新たな陰陽師を京都の内外で育てねばならないと晴明様はおっしゃいます」

「手始めに、うちの孫が選ばれたわけですか」

「まあ、現在のご自宅がある真如堂付近を歩いてましたからね。晴人君が」

「能力と関係ない理由ですな」

やや残念そうに智晴が言う。

「これもご縁でございますよ」

「その点はありがたく」

茜に会釈した智晴は、画面に向き直った。

「で、晴人。式神はできそうか」

「今朝、茜さんと出会ったばっかりだよ。期待が重いよ、いくら何でも」

「ぬう、青年の主張をしよる」

　また祖父は茜の方を振り返る。

「茜さん。私も老い先短い身なので、孫の成長を早く見たいのですが」

　――元気じゃないか？

　口を挟みたかったが、自重した。

「まあまあ。そうですねえ、まずは名前をつけて返事があるかどうか……と晴明様はおっしゃってましたよ。晴明様が、ってこればっかりですけど」

「名前と返事ですか。こう言うのも何ですが、犬や猫のしつけのような」

「だいたい合ってるみたいですよ」

「犬か猫かぁ。おれはどっちかと言えば猫派なんだけど。ふわふわの長毛猫、飼ってみたかったたな」

　優雅な長毛種の猫を思い浮かべながら手首の珊瑚玉を見る。

「あのな、ハル坊」

「何、水月」

「狐はどうだ。狐、可愛いぞ」

　言いながら、顎に鼻先を押しつけてくる。これは甘えられているのか脅されているのか、どちらだろうか。

「可愛いって、自分で言うなよ。だいたい自分で決められないだろ」

水月の胴体をつかんでパソコンの脇に下ろす。

「とにかく明後日、常照皇寺に行くから。じいちゃん、お手数ですけど車で送り迎えお願いします」

「よし来た。四条《しじょう》あたりへ寄って行こう」

若干弾んだ声で祖父が言う。孫と話したいというより、京都の街中の空気を味わいたいのかもしれない。

*

京北町の山並みには、まだ桜の薄紅色が点々と残っていた。智晴によれば、今年は山桜の開花が遅かったのだという。

「初めて参ったが、京北町とは風光明媚《ふうこうめいび》な土地であるな」

晴人と並んで歩きつつ、水月が褒める。二、三歩先を行く智晴が「嬉しいことをおっしゃる」と返した。

「西陣からだいぶ遠く離れちゃったけど、いいのか？」

「一日くらいは問題ない。もっと滞在して川の鮎をいただいても良いくらいだ」

「川の神様に怒られるぞ。おれには見えないかもしれないけど」

晴人が言うと、智晴の肩がぴくりと動いた。晴人は七歳から最近まで亡者の姿しか見えず、一昨日やっと亡者以外の不思議な存在——観世稲荷の御使いである水月や九重桜の精を見た。触れてほしくない話題だったろうか。

——不出来な孫だと思われてるかな。

神や仏の姿を見られない件について、晴人は両親や祖父に話していない。手のかかる子どもだと思われたくないからだ。

——親戚のおじさんやおばさんは、十代でもう神様や仏様と関わったことがあるらしいんだよな。

親族会議で漏れ聞こえた内容によれば、年長の親戚たちは中学生か高校生くらいまでには、その手の交流を経験したようだ。「桔梗家の総領」としては、早く経験せねばと焦ってしまう。

——いとこたちからは、まだそういう話を聞いてない。

血縁関係も年齢も近い何人かの青少年たちを思い浮かべる。さほど親密な関係ではないので、あるいは晴人の耳に入っていないだけかもしれない。

「水月さん。常照皇寺の入口が見えてきましたよ」

「おお、石段の奥から青葉の香りがする」

——おじさんおばさん、経験あり。いとこたち、経験なしだとしたら。おれたちの世代、やばくない……？

気のせいだと思いたい。「桔梗家の総領」の責任がとんでもなく重くなってしまう。

歩きながら考えこんでいると、常照皇寺の石段を駆け下りてくる小さな人影が見えた。煎り豆が弾《はじ》けるような勢いで、あっという間に道路に着地する。それを追って、父親らしき人影も下りてきた。硬そうな黒髪と、通った鼻筋に見覚えがある。

——南天家の昌和《まさかず》おじさんだ。小《ち》っちゃい子は息子の昌光《まさみつ》君だっけ。

「わあ、智晴さん、すみません。すぐ戻ってきます。晴人君、久しぶり」

息子を追いかけながら、昌和が挨拶していった。

「ごゆっくり。待っとるぞ」

智晴に倣って、晴人は「ごゆっくり」と声をかけた。

「じいちゃん、待ち合わせでもしてたの？」

「うむ、ちと相談を受けてな」

「へえ」

「ハル坊は桔梗家の総領だが、現在の当主は智晴どのであるか」

水月の問いに「今のところは」と短く智晴は答えた。晴人の父親、つまり自分の長男に家督を譲ってはいないらしい。

「今のは南天家の次期当主と、その息子だ。息子は七歳」

「ハル坊が初めて死者の魂を見た時期であるな」

「あの子も見えるの」

「見える。地蔵菩薩の真言を授ける代わりに、お祓《はら》いをしてある。死者の魂が過剰に寄ってこないように」

「智晴どの。なぜハル坊のように、地蔵菩薩の真言を授けないのであろうか？」

「一口で言えば、素質ですかな。晴人は最初からはっきり人影だと認識できたので」

「いとこたちも、お祓いだけで済ませている人が多いんだ」

「ほう。ハル坊、自分ばかり地蔵菩薩の真言であちらへ送るお役目、大変だな」

「慣れたよ。それに七歳の時は、他の親戚の動向なんて気にしてなかったな。学校の友だちと遊ぶ方が大事でさ」

話しながら石段を上り、常照皇寺の境内に入る。水月の言った通り青葉の香りに満ちた庭園を行く。

やがて、薄紅色の滝が見えた。

地上にいくらか花を落とした、咲き終わりの九重桜であった。

「おお、待たせたな。連れてきたぞ」

智晴の呼ぶ声に応えて、黒褐色の幹から一人の女性が姿を現した。「振袖さん」こと九重桜の精であった。

「今年は遅くなって、ごめん」

「ハル坊も反省しておる。ここはひとつ私の顔に免じて許してやってくだされ」

謝る晴人と取りなそうとする水月に、九重桜の精は怪訝《けげん》な顔をした。

「怒らぬよ。来てくれたもの。今年は人の姿でも会えたもの」

「うん。きれい」

風が吹いて、枝垂れ桜がところどころ揺れた。

「どうしておれ、つい最近まで九重桜の精が見えなかったんだろう。死んだ人の魂は、七歳で見えたのに」

「そろそろ話さねばならんかな」

「え、何だよじいちゃん？　いきなり」

「今日南天家から受けた相談事も、その件だ。あの子は——昌光君は、疑問に思っておる。なぜ自分が死んだ人間の魂を見て怖い思いをしているのに、神様も仏様も助けてはくれないのか、と」

「あー……。そりゃ、疑問に思うよ」

自分も同じようなことは考えた。「桔梗家の総領だから弱音を吐いてはいけない」「自分に力がないから神も仏も関わりを持とうとしないのだ」と思ったから、黙っていただけだ。

祖父と孫を見比べて、九重桜の精が「あの子どもは」と口を開いた。

「あの昌光という子どもは、わたしの姿が見えなかった。父親がわたしに黙礼するのを見て、不思議そうにしていた」

わが子に遠慮して、黙って挨拶をしたのだろう。親も大変なのかもしれない、と晴人は思う。

「わたしは、あの子どもにも見てもらえたら嬉しい。気に入りの振袖」

茶目っ気のある表情で智晴を見て、九重桜の精は袖をひらひら動かしてみせる。

「む。すぐにか？　すぐにどうにかできるとは保証できないが……」

「じいちゃん、話してよ。おれも知りたい。いとこたちが神様や仏様と関わったって話、まだ聞いてないんだ。もしかして」

考えたくないことに思い当たり、いったん深呼吸をする。

「もしかして、晴明公から時代が下りすぎて、力が弱まってきてるんじゃないか。それ、やばくない？」

「いや、それはない」

あっさり否定されて、肩から力が抜けた。

「晴人の生まれる何年か前の話だ。ちょうど、二十五年前。四半世紀前のことだ」

祖父の短い昔語りに、一同はしばし耳を傾けた。

祖父の弟の息子――甥《おい》にあたる少年が、九歳の時とある神と知り合った。神と言葉を交わした少年は、一つの勘違いをした。自分が神に願えば、病に苦しむ人を救えるに違いない、と。

少年は、自分の通う小学校の教師に言った。

――病気で先生を辞めるなんて、お願いだから考え直して。大丈夫、神様にお願いして治してもらうから――。

「言っちゃ駄目だと思うよ」

「一刀両断したな、晴人」

渋い顔で智晴が言う。

「普通の人たちは『神様に治してもらうから大丈夫』なんて言われたら怪しむし、怒るよ。ただ、先生のことが好きだからそう言ったんだとは思う」

智晴は表情を和らげて、沈黙した。二十五年の歳月を通すと、悲しみや衝撃も薄れるのだろうか。

「どうなったの、その先生」

「先生は、若い女性でな。『やめて』と一言おっしゃったそうだ。それでやっと、甥は自分の間違いに気づいた」

「優しく返す余裕なんてなかったのかもね。仕事を辞めるほどの病気だから……うん、言われた方はショックだろうけどさ」

重い話だ。親戚たちが黙っていたのも分かる気がする。

「甥っ子の両親が——弟夫妻が、後日見舞いに行ったそうだ。先生が辞めてしまうのがつらくて、そんな絵空事を言ってしまったと。動機は嘘《うそ》ではないからな」

「うん。……神様も、頼まれたって願いを聞けないよね？　気持ちを支えてくれることはあっても、治すのは医療だから」

「神や仏が支えるのはむしろ、病者の家族かもしれぬ。神社に参るのは病者の家族が多いからの」

水月が、神の御使いらしい意見を言った。

「幸い、先生は納得してくれたそうだ。退院後は仕事を変え、結婚して別の土地へ行ったと聞いている」

「そっか……。じいちゃんの甥っ子は、どうなったの？」

「さっき会っただろう」

「さっき会った人……まさか、昌和おじさん？」

「昌和は、桔梗家から南天家へ婿入りした。知らなかったか」

「言われてみれば、そんな話を聞いたかも。すっかり『南天家の昌和おじさん』で定着してた」

「昌和の行いについて、親族たちは『子どもだから仕方ない』と口々に言っていたが、怒ったのは神様でな」

話の不穏さが増してきた。

「我ら桔梗家、南天家、柊家。傍流三家の子どもたちが二十歳前後になるまで、神仏の声や姿を捕らえられないように呪《しゅ》をかけてしまった」

「ただならぬ強さ。見習いたい」

水月が感心した。

「怖いよ！　その呪のおかげでおれ、自分に力がないから神様や仏様と関わりがないのかと思ってたよ」

「黙っていてすまん。二十歳前後になれば見えるのだからと、二十五年間うやむやにしたままだった」

「いとこの兄ちゃん姉ちゃんも不安だったんじゃないの？」

「遅くなる場合もある、と言い含めてあった」

「おれ、何も聞いてないよ。兄ちゃん姉ちゃんたちから」

「桔梗家の総領とはいえ、年下だから話しづらかったんだろう。晴人には大学受験も控えていたから、遠慮もしただろうな」

「気を遣われてたんだ……。いったい、どこの神様？　呪をかけたのは」

　智晴は答えず、境内の入口の方向へ顔を向けた。昌光と手をつないで、昌和が――現在の南天家当主が歩いてくる。

「昌和。うちの孫に話した」

　何と言って良いか分からなくなり、晴人はただうなずいた。九歳の時の行いが二十五年経《た》っても後を引くのはつらそうだ、と思う。

「迷惑をかけてすまない。晴人君」

頭を下げられて、晴人は慌てた。

「わわわ、おじさんが謝ることじゃないです」

晴人はしゃがみこんで、きょとんとしている昌光と視線を合わせ、「お父さんは何も悪いことしてないから」と言った。

「昌光。お父さんは、子どもの頃に神様を怒らせてしまったんだ」

——言っちゃうのか。

昌光が、途端に不安そうな顔になる。

「昌光が怖い思いをしているのは、お父さんのせいだ。これから、神様に謝りに行ってくる。桔梗家の人たちと待っていてくれるか？」

「おお、相談事のはずが子守り依頼になった」

智晴が、どこか面白がっているような顔で言った。

「晴人君にまで知られたら、腹が据わりましたよ。二十五年ぶりに怒られてきます」

「昌和おじさん、怒られる前提なんですか。おれも行きます」

深くは考えないまま、晴人は言った。なぜか、それが正解だと思ったからだ。

「若い人にこれ以上苦労をかけるわけには」

昌和が言い、晴人は急いで後づけの理由を考える。

「おれ、桔梗家の総領なので。見届けます」

「……みっともないところは見られたくないんだがなあ」

諦めたような顔で、昌和はそっと我が子の背を智晴の方へ押した。

「この子を頼みます。じきに戻りますから」

——近くにいる神様なんだ。

自分が桔梗家に生を受けてまだ十九年しか経っていない。案外、知らないことがまだまだ多いらしい。

*

昌和が乗ってきた車の後部座席には、ミニカーが二台取り残されていた。リアルな造型の救急車と大型トラックは、昌光の好みであるらしい。

「ごめんな、散らかってて」

「いえいえ」

ミニカーと、同じく昌光のものと思しきタオルを脇にのける。

「水月、ほら隣」

晴人が後部座席に誘うと、水月は「わたしは助手席が良い」と言いだした。

「景色を見るのだ。昌和どの、運転を頼む」

そう言って、水月は助手席へぴょんと跳んだ。

「おれだけ『坊』かよ。昌和おじさん、よろしくお願いします」

「ここからは近いよ。道の脇に車を駐《と》めてから、少し歩くからね」

駐車場から発進した車の中に「いざ行かん、山国郷の神のもとへ」と水月の声が響いた。


昌和が会ったのは、仮面を着けた少女だったという。

京北町には、古くからあるため由来が詳しく分からない賀茂神社《かもじんじゃ》がある。京都市街の上賀茂神社《かみがもじんじゃ》・下鴨神社《しもがもじんじゃ》と、なんらかのつながりがあるのは確からしい。

幼い日の昌和は、この古い賀茂神社によく出入りしていた。木々に囲まれた静謐《せいひつ》な空気が子どもながらに気に入ったためだ。それに、六歳頃からよく見かけるようになった死者の魂がほとんどいない。もしいても、すぐに去ってしまうところが良かった。

九歳の初夏、この賀茂神社の参道に脇道があるのに気づいた。

脇道の入口には石の標識が一本立っているものの、彫られた文字がかすれて読めなくなっていた。

　宝探しのような気持ちだった。リュックの虫除《むしよ》けスプレーを追加で吹き付けて、脇道に入った。細いが誰かが往来した跡のある道を行くと、大きな岩が見えた。

　いくつかの平たい岩が台座になって、卵形の巨大な岩を支えていた。全体の嵩《かさ》は、常照皇寺の九重桜よりも大きかった。

　崩れそうで危ない、と思うと、かえって目が離せなくなった。そして、細い道がここで終わっていること、岩の側に花と酒が供えられていることに気づいた。

「誰か、いますか」

　人がいたら、この岩の由来について聞くつもりであった。九歳の昌和にとっては、神社でも墓でもない大きな岩に供物が捧《ささ》げられているのが不思議だったのだ。

「誰か、いますか。この岩は、なーんですかー」

　岩にぶつかって自分の声がこだました。やがて、岩の影から一人の少女が姿を現した。平たい台座に紅色の裾を引きずって、お姫様のようだ、と昌和は思った。

「声をぶつけるでない。無礼者め」

　そう言う少女の顔は、和紙で作ったような薄い仮面に隠されていた。小さな顎と口元だけが見えて、年の頃は十二歳くらいと思われた。

「ごめんなさい。君は誰ですか？　僕は桔梗家の昌和」

名乗りを聞いて、少女の口元が笑いの形に変形した。

「われが育てた、桔梗家の子か」

「え？　何言ってるの」

「桔梗家の者たちは、昔々、一族揃《そろ》ってこの山国に来たのだ」

「それくらい知ってるよ。六百年くらい前、京都で応仁《おうにん》の乱が起きて、避難してきたんだよ」

自慢げに言ってやると、少女は「物知りだの」と褒めてくれた。

「都から山深き土地に来て、桔梗家の者たちは病気がちになった。水も空気も違うからの。身体《からだ》が慣れなかったのだ」

昌和は息を呑んで続きを聞いた。病気は怖い。小学校の担任教師が、まだ若いのに入院すると聞いたばかりだった。

「桔梗家の者たちの身体がこの山国に慣れるよう、われは力を分けてやった。桔梗家の者たちは、われを『イワナガ様』と呼ぶようになった」

「恩人だね、イワナガ様」

知ったばかりの言葉を使ってみせた昌和に、少女はまた「物知りだの」と言った。

「今では、桔梗家の者たちと、分家である南天家と柊家の者たちが供物を持ってきてくれる。幼い者や若い者たちは来ない」

「何で？」

「登って遊ぶと危ないからの。子どもを見たのは久しぶりじゃ」

言われてみれば、乗りたくなってくる形ではある。公園の遊具のように。

「僕は遊ばないよ」

「分かっておる。大人たちも、念には念を入れて子どもたちにわれの存在を教えないのであって、悪気はない」

「学校に子ども、たくさんいるよ。絵の上手《うま》い子と、笑わせるのが上手な子と、足の速い子、色々。教えてあげる」

昌和は、何かイワナガ様にお返しをしたかった。戦から逃げてきた先祖がこの土地で暮らせたのは、イワナガ様のおかげだと思った。暗くなるからもう帰れと言われるまで、昌和は小学校で出会う友人たちや、給食や休み時間の遊びについて話し続けた。担任の教師が、いつもにこにこしていて大好きだ、という話も。

何度か通ううちに、イワナガ様は仮面を外してくれるようになった。いかめしい名前に似合わず、可愛らしい顔であった。

「最初は仮面などなかったのだが。『イワナガ様』などと呼ばれるうちに威厳が欲しくなったのだ。それで、着けるようになった」

「神様も、人からどう見られるか気にするんだねえ。僕も遠足の時、バスガイドさんから珍しい苗字だって言われてびっくりしたよ」

「バスガイドとは」

「一緒に乗り物に乗って、案内してくれるおねえさん。よその土地の人」

「昌和も、世間の風に晒《さら》されておるのう」

可笑《おか》しそうにイワナガ様は言った。

担任の教師から「手術のため入院します。寂しいけれど仕事は辞めるので、もうすぐ代わりの先生が来ます」と言われたのは、その翌日のことであった。

*

「学校で帰りの会が終わった後、先生を追いかけて、廊下で言ってしまったんだよ。『神様にお願いするから大丈夫』ってさ」

車を運転しながら、疲れたような声で昌和は言った。思い出したくないだろうな、と晴人は気の毒に思う。

「光代《みつよ》先生、ってみんな呼んでたな。光代先生は顔をこわばらせて『やめて』って言って職員室に行ってしまった。『とんでもないことをした』と思ったよ」

「光代先生のこと、すごく好きだったんだね」

「光代先生を単独で好き、というのもあったけど……光代先生と、光代先生を大好きなみんなが作り上げる、クラスの雰囲気が好きだったんだと思う。日常を守りたい気持ちでいっぱいだった」

「うーん、おれ、それなりに怖い思いしたけど、昌和おじさんを責める気になれないっす」

砕けた口調で言ったのは、照れのせいだ。バックミラーを見ると、ぎょっとした表情の昌和が映っていた。

「すみません。照れの余り、チャラい口調になりました」

「いや、そっちじゃなくて。晴人君でも『怖い』なんて言うんだなと。驚いた」

「しっかりしておるからのう、ハル坊は」

助手席でなぜか自慢げに水月が言った。

「西陣で茜どのに対する時も、泰然《たいぜん》としておったのだ」

バックミラーの中で、昌和が瞬きをする。

「自分の話ばかりで聞きそびれていたけど、こちらの狐さんと、あと茜さんとは一体？」

「うん、京都の街中で、一昨日ね……」

晴人は、哲学の道で茜に出会い、式神と陰陽師を育てる者だと言われ、式神の苗床たる組紐ブレスレットを受け取った話をした。水月が観世稲荷の御使いだと話すと昌和が「おお、あの！」と目を見張ったので、水月は呵々大笑《かかたいしょう》して鈴の音を鳴らした。

「晴人君も入学早々、色々あったんだな」

「一日で色々起こりすぎでしたよ。ウグイスに変化する人、稲荷の狐、九重桜の精」

「ははは……。僕なら肝が潰れそうだ」

肝が潰れそうだなんて、冗談だろうと晴人は思う。二十五年間も後ろめたさを抱えて生きてきた親戚を、ある意味手強《てごわ》い存在だと感じはじめていた。

「で、式神の名前は決まったのか？　名前をつけて返事をさせる、が第一段階だろう？」

晴人は言おうかどうか迷って、窓の外を見た。澄んだ川の流れが石に当たって、羊歯《しだ》の葉にしぶきを飛ばしている。

「昨日学校行きながら考えたんですけど『さんご』にしようかなって。漢字じゃなく平仮名で可愛く」

「へえ。色も可愛いから、いいんじゃないか？　必殺紅蓮玉《ぐれんぎょく》とか龍王宝珠《りゅうおうほうじゅ》とかよりずっといい」

「いやどんなセンスですか」

「昭和末期の少年漫画」

「歴史感じるっす」

「ハル坊、そのままではないか？　珊瑚玉で育つ式神の名前が『さんご』とは」

「だよなぁ。だから迷ってるんだ。安直すぎて可哀想《かわいそう》かと思って」

「晴人君はどうして『さんご』にしようと思ったんだ？」

昌和がハンドルを動かしながら聞いた。道沿いの川はやや幅が広くなっている。下流に近いのだ。

「おれの強みは水気だって、茜さんに言われたんです。性質は、潤下。下りていって他の存在を潤す」

「ああ、五行の。木火土金水の水気。対応する季節は冬、対応する色は黒だね」

五行は当然のごとく昌和の頭に入っているようだ。

「宝石珊瑚は、海のすごく深いところで育つらしいんです。そして、茜さんが言うには、陰陽師には自分の中の深い部分を知ることが必要だって。だから、水気を持つ自分の、深い部分から生まれるように『さんご』と」

「自分の深い部分を、式神と共有するんだな」

「共有……そうですね」

口に出してみつつ、手首の珊瑚玉に触れる。冷たさが心地良い。

「ハル坊。真摯な思いがこもっておるなら、安直でも可哀想でもないと思うぞ。そのままではあるが」

「そっか。じゃあ『さんご』に決めちゃえ」

珊瑚玉から手を離し、ハンカチで優しく拭く。そして呼んでみる。

「さんご。おれが主《あるじ》だよー」

水月も助手席から身を乗り出して、呼びかける。返事はない。

「さんごよ。さんごよ、わたしは水月だ」

「君たち、お腹《なか》の赤ちゃんに話しかけてるみたいだな」

バックミラーの中で、昌和が目を細めて笑っていた。

＊

賀茂神社の近くの路肩に車を駐めると、昌和は「ここで待っててくれるかな」と言いだした。

「待ってくださいよ。おれも見届けないと」

シートベルトを外そうとしていた晴人は戸惑った。

「昌和どの、なにゆえ」

水月も不審げに声を上げる。

「いくら桔梗家の総領と言ったって、晴人君はまだ未成年だ。式神のさんごを生み出す大事な時期でもある。何があるか分からないのだから、やはり連れて行けない」

「おれは心の準備できてますって。乗りかかった船だから、行かないとむしろ落ち着かないです」

自分のシートベルトを外した昌和は「はは」と笑った。

「ありがとう。でも、イワナガ様の呪いは僕のせいだから。落とし前をつけないと」

「落とし前ってそんな、ヤクザ映画みたいなこと言わないでくださいよ……あっ、そうだ、何があるか分からないなら、落石事故とかマムシとか心配ですよね？」

昌和が後部座席を振り返って、怪訝そうな顔をする。

「もし昌和おじさんが一人きりで行って落石に潰されたりマムシに噛《か》まれたりして、外部に連絡する人がいなかったら大変じゃないですか」

「すでに大変そうだが」

水月が突っこんだが無視する。

「余剰人員、大事ですよ。ほらスマホの電波も入るんだから、非常時の連絡要員、要るでしょ？」

スマホの画面を見せて訴えると、昌和は諦めたように正面を向き、助手席のダッシュボードを開けた。縦長の小さな缶を、長い腕で渡してくる。

「虫除けスプレー、先につけなさい。水月さんも一応」

「やった。用意いいですね」

「山国暮らしだからね。ああそうだ、マダニに噛まれると感染症の危険と顎だけ体内に残る危険があるから、しっかりスプレーするように」

「ぎゃー」

半ば本気で怖がりながら、晴人は虫除けスプレーを使った。スプレーする前に組紐ブレスレットをいったんポケットにしまう時、珊瑚玉が美しく光った。

　石碑のそばを通って脇道に入ると、野鳥の声が甲高く聞こえはじめた。人里離れた賀茂神社から、さらに奥まった場所に来た気がする。

「空気が湿ってますね。常照皇寺にいた時より涼しくて、霧の中を歩いてるみたいだ」

「奥の院、って感じがするね。お寺に関する言葉みたいだけど」

「あーそれです。奥の院」

　二人と一匹で虫除けスプレーの匂いをさせながら歩いていると、ハイキングのような気分になってくる。

　しかしこの先に待っているのは、数百年前に一族を受け入れてくれた土地神であり、二十五年前に呪をかけた恐るべき土地神でもある。

「イワナガ様という名前は、岩長姫《いわながひめ》から来てるんですかね。長寿の女神様」

「そうだね。山国に来たばかりの一族が丈夫に暮らせるよう計らってくれたから。でもとは、巨石信仰とか磐座信仰《いわくらしんこう》とか言われる、自然界の神様の一つなんだと思う。イワナガ様という呼び名だけど、きれいな少女だったよ」

「日本の神話だと、醜女《しこめ》、でしたよね。妹は此花咲也《このはなさくや》姫《ひめ》っていう美女で……」

「うん。だったらその神話に合わせて顔を隠してやろう、と思って仮面を着けて一族の前に出るようになったんだって」

行く手に大きな岩が見えてきた。

粗削りな卵形の岩は、山奥の湿気にしっとりと濡れているようだった。話に聞いた通り、花と酒が供えられている。

「僕とは別の、もっと年長の人たちが供え物をしてるんだ。ここへ来るのは二十五年ぶり」

岩の前に立った昌和は、感慨深げに岩を見上げた。一緒になって岩を見上げていた晴人は、昌和の「イワナガ様」と呼ぶ声に反応して視線を戻した。

自分たちのすぐ目の前、台座となっている平たい岩に一人の少女が腰かけていた。紅色の着物の裾を岩に引きずり、黒々とした大きな目で昌和を見据えている。

「お久しぶりです。イワナガ様」

イワナガは返事をしない。表情のない顔を少し傾けて、昌和を観察している。

「昌和です」

「分かっておるよ。分かっておるから素顔で来たのだ。素顔を知っている者相手に仮面を着けてきてもしょうがないもの」

口調は冷ややかだが、イワナガは昌和と話したがっているようだ。昌和も、イワナガから視線を外さない。

「今日お邪魔したのは、一族の子どもたちにかけた呪の件です。どうか、幼いうちに死者の魂だけでなく神仏とも関われるよう、呪を解いてくださいませんか」

「手土産は」

短い問いかけに、昌和は動きを止めた。そして、晴人と顔を見合わせる。

「今日は意気込むあまり失念しておりました。しかし必ず、供物を持って参ります。うちで育てている野菜も、近所で育てている平飼い卵も」

「都の神々ではあるまいし、そんなには要らぬ。酒と、約束と、もう一つ欲しい」

イワナガは指折り数えてみせた。

「酒は上等なものを用意します。約束とは」

「桔梗家、南天家、柊家。傍流三家の子どもたちが、神の威を勝手に借りて発言せぬようしっかり教育せい」

「僕のような過ちを犯さないよう、親族会議で話します」

——うわっ、親族みんなの前で？　針のむしろだろうな。

同情した晴人は、びしりと挙手した。

「教育されます！　それはもうしっかりと。約束します」

「昌和」

この者たちは誰だ、という風にイワナガが昌和を見た。

「親戚の晴人君、桔梗家の跡継ぎ息子です。こちらは観世稲荷の御使い、水月さん。晴人を気に入ってついてきました」

「ほう？」

少女と白い狐の間に火花が散った、と晴人は思った。

「名のある神社の御使いとお見受けするが、このイワナガ、人間に対して甘くするつもりはない」

「うぬ。見届けよう。わが縄張りは京の西陣に限られるゆえ」

火花が鎮まったのを感じて、晴人は安堵した。人と神の交渉に、土地神と稲荷の戦いが始まっては困る。

「酒と約束に関しては良かろう。あと一つ、昌和にしかできない手土産が欲しい」

「うちの息子は駄目ですよ。奥さんも」

強い口調で昌和が言い、イワナガは小さな口を尖らせる。

「いくら何でも、人身御供《ひとみごくう》は求めぬ。ヤマタノオロチではあるまいし」

「失礼しました」

昌和が謝った。イワナガは、日本神話にある程度詳しいようであった。

「さんご。何か、いい案あるかな?」

晴人はしゃがみこみ、組紐ブレスレットに顔を近づけて囁《ささや》いた。返事は、相変わらずない。

「どうした、ハル坊」

「式神に頼ってる」

「生まれる前から負担をかけるでない」

水月の尻尾が手の甲をぴしゃりと打った。毛皮のおかげで痛くはない。

「分からないよ、主に知恵を貸してくれるかも」

「何の相談をしておる」

イワナガが、岩から晴人を見下ろした。

「手首の玉。きれいな桜色だの」

「ある人から受け取った、宝石珊瑚です。ここからおれの式神が生まれる予定です。名前は、さんご」

「ある人とは？」

イワナガは興味を惹かれたようだった。

「茜という人です。おれたちの先祖、安倍晴明公からの使いだそうです。晴明公も、茜さんも、閻魔大王の部下として働いているそうです」

「大変な先祖を持ったものだ」

「イワナガ様。晴人君は、式神を育てて陰陽師として成長する最中なんです。陰陽師と式神を育てて、京を守る結界を修繕せねばならないとか」

昌和が手短に説明してくれた。

「そうなんです。おれは京都の街中の学校に行っているので、ちょうどいいみたいです。まずは『さんご』と呼んで返事をするかが第一関門です」

「閻魔庁に仕え、結界を直す。……人間も、自立してきたものだ」

イワナガは、晴人の手元に視線を落とした。

「さんご、さんごや」

――イワナガ様も、呼んでくれた。

さんごが返事をしてくれれば、めでたいことこの上ない。桔梗家を守ってくれた神からの呼びかけなのだから。

「さんご。イワナガ様が呼んでいるよ。ご先祖様を守ってくれた神様だよ」

まだ生まれぬ赤子に呼びかけるように、晴人は話しかけた。水月も同じように珊瑚玉に呼びかける。

「さんごよ。みんな、お前が生まれるのを待っておる。イワナガ様がきれいだと言ってくれたぞ」

水月が珊瑚玉に鼻先を近づける。

「みんな？」

イワナガとは違う、少女の声がした。

水月が顔をのけぞらせ、後ずさった。

「やや っ、聞いたか皆の衆」

「人と神と神の御使いに応えたな。式神のさんご」

イワナガが言った。晴人の手首の珊瑚玉を見下ろしながら。

「懐かしい。桔梗家の者たちがこの地に逃れてきた頃は、式神を使える者がたくさんいたのだよ」

――へえ。やっぱり、時代が下るにつれてある程度力が弱まってるんじゃないか？

晴人はそう推測した。祖父ですら、式神を持ってはいないのだ。

「ところで、昌和は式神を作らぬのか」

「えっ、僕ですか」

自分にお鉢が回ってくるとは思わなかった、という顔で昌和は目を剝《む》いた。

「僕は、その茜さんという女性に会っていないですからね。お眼鏡に叶《かな》うかどうか。京都と言っても端の方に住んでいるから、結界を修繕するのに役立つかどうかも分からない」

「ううん、その点は大丈夫だよ、昌和おじさん。京の内外で陰陽師を育てるって話だから」

自分の中に元気がみなぎってきたのを感じながら晴人は言った。イワナガの言う「手土産」を思いついたのだ。さんごが応えてくれたのも心強い。

「そうか……。助力を求められれば、僕も作り出します。式神を」

昌和が言うと、イワナガは大人っぽく微笑んだ。

「よろしい。晴人よ。その茜という女人に、昌和を紹介しておくれ。われは、昌和の式神が見たい」

「はいっ、もちろん！」

昌和が気弱なことを言う前に、晴人は力強く言い切った。

「幼さゆえに失敗した昌和が、式神を持つ陰陽師となる。傍流三家の者たちが約束をする。そして質の良い酒。三つ揃えば、呪を解こう」

「ありがとうございます」

しばしあっけに取られていた昌和が、イワナガに頭を下げた。

「息子が怖がっていたのです。弱音を吐かなかっただけで、一族の他の子どもたちも」

「約束は守れよ」

イワナガは袖を翻した。

鳥の声がいくつも聞こえたのに気を取られて、晴人は空を見上げた。視線を岩に戻した時、そこにもう少女の姿はなかった。

第二話・了

第三話

木ぼっこと少女

華やかなモザイク模様が昭和初期を思わせるタイルの壁に、こけしがいる。

飾られている、ではない。

こけしが自らの意思で、古い銭湯を改装したこのカフェに居着いている――としか、晴人には思えなかった。

なぜなら、こけしが歌っているからだ。

晴人と、左手首の組紐ブレスレットに宿った式神にだけ聞こえる声で。

はるばる来たる　京の街
湯けむり立ったは　風呂屋さん
タワー立ったは　京都駅

歌に合わせて、こけしは両腕を振っている。

こけしとは丸い頭部と円筒形の胴体から成る木製の人形のはずだが、この歌うこけしは違う。赤と緑の横縞《よこじま》で彩られた胴体の左右から、エノキダケに似た細い腕が一本ずつ生えている。

顔を見れば、黒い前髪あたりの赤い蝶結《ちょうむす》びが可愛らしい。細い目と小さな唇は、いかにも日本の民芸品らしい。

——歌ってるのに口が動かないのが不気味だ。動いたら動いたで不気味だけど。

「主。あれは、こけし？」

数日前に返事をしてくれるようになった式神のさんごは、まだ姿を現さない。言葉数も少ない。しかし、晴人の周りの出来事はしっかり見聞きできるようだ。

——あまり気にしないようにな。たぶん悪い物じゃない。

今は友人と二人で早めの夕食を食べているので、返事をする代わりに左の袖口にさりげなく触れた。

「迷子のこけしでしょうか、心配です。京都駅どころか、ここはずっと北西の西陣」

——迷子にしては楽しそうだぞ。

丸々としたオムライスにスプーンを突き入れ、立ち上る湯気を一瞬観賞してから頬張る。卵の舌触りとケチャップの味が、食欲を満たしていく。

——あやかしか、こけしの付喪神かな。

こけしの歌は曲調が変わり、どこかの方言が交じっている。聞いたことのない言葉で、内容がよく分からない。

「桔梗君、めっちゃ壁見てるな」

向かいの席で同じようにオムライスを頬張っていた友人が、スプーンを動かす手を止めて言った。

「うん、まあね。珍しいから」

「分かる。この建物、築八十年だってさ。タイルは、マジョリカタイルっていうらしいよ」

軽く店内を見回しながら、友人は興奮気味に言う。晴人と同じく進学を機に京都で下宿を始めたので、見る物聞く物、いずれも新鮮なのだろう。

「昔は銭湯を利用する人が多かったから、こんな立派な建物なんだな。入口なんて神社みたいだった。唐破風《からはふ》屋根っていうの？　こう、玄関の屋根がカーブしててさ」

友人は、手の動きで山を描いてみせた。

「うん、唐破風屋根。京都には面白い物が色々あるんだな」

「『京都には』って言うけど、桔梗君の実家も京都市だろ」

「京北町は、もともと京都市じゃなかったんだよ。実家では京都市街のこと『京都』とか『街中』とか呼んでる」

友人は「へえ」と言いながらオムライスを口に運んだ。

咀嚼《そしゃく》しながら、タイル張りの壁面から白い漆喰《しっくい》の壁面へ視線を移し、板張りに格子状の木を組んだ天井を見上げる。

「高い天井っ。お寺か？」

「ここみたいな格子付きの板張り天井を『格天井《ごうてんじょう》』って言って、昔はお寺みたいな格式の高い所に使われたんだよ」

「へえーっ！」

「と、じいちゃんが言ってた」

「桔梗君のじいちゃん、物知りだな」

雑談が一段落したところで、二人揃ってオムライスに集中する。こけしはまだ歌っているが、他の客たちの話し声に混じって歌詞は聞き取れない。

「主のご友人、忙《せわ》しない。喋って食べてきょろきょろして」

——さんごも、安西《あんざい》に釣られて口数が多くなったんじゃないか？

友人——安西は半分ほどオムライスを食べ、グラスの水を飲んだ。飲み干して即、店員に水のおかわりを頼んでいる。

「主。わたし、少し疲れました」

か細い声でさんごは言う。苗床に宿ったばかりで賑《にぎ》やかなカフェに連れてきたのは、負担が大きかったかもしれない。

　――ごめんな。今日は早めに帰ろうな。

「桔梗君、ブレスレット着けてたんだ」

「ああ、うん」

安西は物珍しそうに組紐ブレスレットと一粒の珊瑚玉を見ている。

「何でできてんの？　俺そういうの疎くて、革とシルバーのしか持ってない」

「おれもこれしか持ってないよ。絹の組紐と、珊瑚」

「へえー。雅《みやび》だ」

「雅か？」

　さんごのコメントはない。本当に疲れて休んでいるようだ。

「雅だよ。どこで買ったの」

「路地に入ったとこにある『かんざし　六花』って店。買ったんじゃなくて、バイト始めた記念にもらった」

「もうバイト見つけたのか。時給いくら？」

「低め。最低賃金よりは上」

「下だったら大変だよ」

晴人は表向き、茜の店のアルバイトということになっている。

接客やレジは任されず、今のところ仕入れた商品の検品や包装資材の分別、滅多に鳴らない電話の番を担当している。仕事は少なく労働時間は短く、したがってアルバイトとしては割が良くない。

――実家の都合で式神を育てているんだよ、と言ったら冗談だと思うだろうな。

二人はまた黙々とオムライスに集中した。

こけしは別の歌を歌っている。

おらほの温泉　あいばんしょ
おらほの温泉　きはらんしょ

腕の振りが激しい。晴人には「温泉」以外意味不明だが、思い入れは伝わってくる。

――銭湯だった建物で、温泉の歌を。

どういう来歴のこけしなのか気になったが、元気そうでもあり、安西も含め人目もあるので声はかけないことにした。

カフェの入口を出たところで、晴人は安西と別れた。行き先が逆方向だったためだ。

――もう閉門しただろうけど、晴明神社に行ってみよう。

茜に仕事を託した安倍晴明は、いまだに晴人の前に姿を現さない。忙しい人なんだよ、と茜は言うが、近くで自分たちの様子を窺《うかが》うくらいはしているのではないか。

――自分が祭神になってる神社に、来てるかもしれない。烏《からす》の縄張りチェックみたいに。

祖父から伝え聞いたところでは、人間を祀った神社に、その人間の魂はいないのだという。例えば、晴明神社の敷地《しきち》に安倍晴明の魂が常駐しているわけではない。その代わり、安倍晴明にまつわる縁があるのだという。

幼かった晴人は「何それ」と祖父に聞き返したのだが、祖父の返答は「『縁』としか言い表しようがない」であった。

――晴明公にまつわる縁がある場所に、子孫が行ってみたら何が起きるか。

たとえ会えなくても、好奇心は満たされるわけだ。面白いことがあれば、茜に報告するのもいい。カフェもかんざし六花も晴明神社も西陣にあるので、腹ごなしも兼ねられる。

――効率的だ。

少しばかり悦に入りながら、晴明神社のある堀川通《ほりかわどおり》へと歩く。到着してみれば案の定閉門されており（晴明公がいても分からないじゃないか）とようやく気づく。

——さんごが起きてたら、何しに来たんですかって言われそう。

閉じられた門の前で左右を見回す。

別段、変わったことは起きない。亡者が通りかかるわけでもなく、ブレスレットからさんごが姿を現すわけでもない。

——やっぱり敷地に入らないと、かなぁ。

潔く諦めて、西へと歩きだす。

閉店前のかんざし六花に顔を出して、銭湯を改装したカフェと大きなオムライスと、おかしなこけしについて報告するつもりだ。

——おれ、茜さんと会って話したい。

恋愛の対象ではない。初対面でウグイスに変化するのを見たせいか、畏怖や警戒の対象に近い。

それでも会いたくなるのは「自分自身の力が欲しくはないかい？」という問いかけがあまりにも魅力的だったからだ。

——あっ、閉店間際にいきなり行くのって、迷惑か？

歩調を緩めて考えこんだ時、前方を歩く小柄な少女が気になった。

——もう暗くなったのに、女の子が一人で歩いてる。

街中では珍しくないが、つい山奥の感覚で心配してしまう。少女は丈が余り気味のレモンイエローのパーカーを着て、黒いリュックを背負い、黒いショートパンツを穿《は》いている。細くきれいな脚線は黒いハイソックスに包まれている。黄色と黒の配色に、晴人はアシナガバチを連想した。

少女のセミロングの髪は赤茶色だ。かなりつやが良いので、染めたのではなく地毛かもしれない。

目立つ子だなあ、と後ろ姿を眺めるうちに、少女が左右をきょろきょろと見回しているのに気づいた。

——暗い道だから周囲に気をつけてる？　早く追い越さないと、不審者がついてきたと思われそうだ。

少女の方を見ないようにして、足を速める。見られている気がしたが、道端の地蔵堂を見ているふりをして通り過ぎる。

「あの、こけしを探してるんですけど」

声をかけられて足を止めた。

少女が、赤茶色の目でこちらを見上げている。十六歳か十七歳くらいだろうか。

「こけしを売ってる店は、知らないですね」

適切と思われる答えを口にした。まさか、先ほどのような怪しいこけしを探しているわけではあるまい。

「主、こけしならさっき歌って……」

さんごの寝ぼけた声がして、晴人は左手首を見た。そして（大丈夫だよな？）という確認のため、少女を見る。

「今の、誰の声？」

少女が低い声で言った。声だけでなく口調も変わっている。

「左手首のそれは何。あんた」

最後まで聞き終えないうちに、晴人は駆けだした。畏怖の対象、茜がいるかんざし六花へと。

「待ちなさいよ！」

少女の叫び声と、軽快な足音が追ってくる。歩幅は狭そうだが、あの脚線は間違いなく俊足だ。晴人は心の中で悲鳴を上げながら、必死で路地の角を曲がった。

――茜さん！　いた！

かんざし六花は、まだ暖簾を掛けていた。

女主人は軒先の掛花生《かけはないけ》に手を伸ばして、生けた花の位置を調整している。

茜がこちらを振り向く。晴人は匿《かくま》ってもらおうと、さらに速度を上げて駆け寄る。

その肩を、茜の右手が強くつかんだ。

「いってえぇ」

「路地を走るんじゃないよ。ご近所の迷惑を考えなさい。そっちのお嬢ちゃんも」

後ろで少女が「はい。ごめんなさい」と素直に謝った。「よしよし」と言う茜の手がぎちぎちと肩に食いこむ。

「痛い！　レフェリーがタオルじゃなくてアイアンクローを出してきた！」

「プロレスの話かい？　路地をリングにするんじゃない」

茜の手が背を押して、晴人を店内に押しこんだ。

「お嬢ちゃんもおいで。こんな人畜無害な学生を追ってくるなんて、よほど何かあったんだねえ」

「無害です無害。おれ、こけしを探してるって言われて答えただけです」

「わたしがそこに口を挟んだのです。するとこちらのお嬢さんが聞き取りなさって。怪しんで、主を追ってきたのです」

「おや、おや。京都は、こけしに縁がなくもないけどねえ。お嬢ちゃん、お腹減ってないかい？」

店内に入ってきた少女から、ぐう、と大きな音が聞こえた。晴人は目をそらして、聞かなかったふりをする。

「後で自分で食べ物買うから！」

少女の大声に耳を打たれながら、晴人は（これ、早くご飯あげなきゃいけないパターンじゃね？）と思っていた。

＊

座敷に上げられた少女は、星乃《ほしの》と名乗った。フルネームは、と晴人が聞くと、そっぽを向いてしまった。「星乃」が苗字なのか名前なのかも分からない。

「茜さん。親御さんに連絡した方が良くないですか」

茜は答えず、背を向けて台所で湯を沸かしている。町家には通り庭といって、土間と廊下と台所を兼ねた空間があるのだった。

「星乃さんはどこから来たの」

晴人の問いに、星乃はまたしても答えない。茜への素直な態度とは段違いだ。

——思い出すよ。迷子の子猫が名前もおうちも言わない、犬のお巡りさん大困惑、って歌。

服の黄色と黒からすると、さしずめ星乃は虎猫だろうか。

「記憶喪失ならお医者さんに連絡するけど」

「土湯《つちゆ》温泉」

それだけ言って星乃は座卓へ歩き、座布団に座った。てこでも動かない、という意志を晴人は感じた。

「さっきの声は何。こけしを見たの？」

逃げたら引《ひ》っ掻《か》きそうだ、と思いながら晴人は星乃の斜め向かいに座った。

「話す前に、星乃さんが言う『こけし』がどんな子か聞きたい」

台所で茜が聞き耳を立てているのを感じる。鰹出汁《かつおだし》の香りが漂ってきて、晴人は早くも食欲が湧いてきた。

＊

　茜が作ったきつねうどんを啜りながら、星乃は「探してるのは、木ぼっこ」と言った。

「木ぼっこ？　そりゃ何なんだい？」

　正体も分からない少女を座敷に上げているというのに、茜はまったく警戒していない。もっとも、この少女が仮に強盗であっても茜なら撃退しそうではある。

「木ぼっこは、こけしのあやかし。こけしの古い呼び名だから、木ぼっこって名乗ったの。わたしとは小さい頃から一緒」

　――木の這子《ほうこ》で、木ぼっこか。

　自分もきつねうどんを啜りながら、晴人は名前の機嫌を考えていた。古い言葉で、這子とは人形を表す。木の人形を意味する「木ぼっこ」の方が、こけしの実態に近い。

「電車で京都に来たら、夕方になっちゃって。それでも帰らないってわたしが言ったら、木ぼっこは怒ってどこかへ行っちゃった」

　――おおい、家出かよ。厄介だな。

　自覚できるほど眉間に皺《しわ》を寄せる。本人への心配と保護者への心配と、巻きこまれたくない気持ちが同時に湧いた。

「土湯温泉ってどこ？」

調べるためにスマートフォンを出そうとした晴人は、その手を茜に押さえられた。

——さっきも思ったけど、茜さん腕力すごくない？

「星乃ちゃん。木ぼっことは、よく遊んだのかい？」

「うん。木ぼっこは、山のこと知ってる」

星乃はリュックから何かをつかみ出すと、ためらうように自分の手を見た。

「取ったりしないよ。約束する」

茜が優しく言うと、星乃は握った手をゆるゆると座卓の上に持ってきた。まるで、手なずけられる野良の子猫だ。

「これ、木ぼっこが見つけてくれた」

開かれた手に載っていたのは、水晶のかけらだった。部分的に白濁したほぼ透明な色合いと、六角柱に近い形でそれと分かる。

「木ぼっこが水晶の埋まってる場所を教えてくれて、わたしが掘ったの」

「きれいだねえ」

「土湯温泉って、水晶の産地なのか？」

「別に有名な産地じゃないけど、木ぼっこは昔から土地の木地師《きじし》を見てきたから。木地師の見つけた水晶の鉱脈を知ってる」

「木地師……。山に入って木を刈る特権を持ってた職人たちだな。お椀《わん》とかお盆とか木製品を作る」

「知ってるのっ？」

　おもちゃを見せられた子猫のように、星乃が目を見開いた。

「おれの実家の方にも木地師の伝説があるから、分かるよ。文徳《もんとく》天皇の息子の、惟高《これたか》親王が木地師の祖っていう」

「あんた見直したわよ」

「そりゃどうもっ？」

　語尾が上がってしまったのは（上から目線だな？）と言いたくなったからだ。しかしここで喋りすぎると茜に怒られる予感がする。

「最初逃げたから、敵かと思っちゃった」

「獲物の間違いじゃねえの。狩られるかと思った」

　うっかり口が滑り、星乃に睨《にら》まれた。

「お二人さん、うどんが延びるよ」

　茜の声がきっかけで、星乃は再びきつねうどんに箸を伸ばした。根は素直なのだ。晴人も、取っておいた薄揚げを箸で割く。温かいつゆが染みて味わい深い。

「木ぼっこは、反対してたのかい？　星乃ちゃんが京都に来るのを」

二人ともきつねうどんを食べ終えた頃、茜が星乃に聞いた。

「うん。反対されても家出してきたから、木ぼっこはついてきてくれた」

——で、夕方になっても帰ろうとしないから見捨てられた、と。

さすがにひどい言い草なので、晴人は口に出さずにおいた。異郷で友だちと離れればなれは不安だろうし、家出にも何か事情があるのだろう。

「なぜ京都に来たのか教えておくれよ。普段は家出なんかする子じゃないだろう？　こうして話していれば、何となく分かるよ」

無言で星乃はうなずいた。

「うちの親戚、京都で時々集まって会議をするんだ」

——うわあ、傍流三家みたいだ。よそにもそういう一族、いるんだな。

生け花など芸道に関わる一族だろうか、と晴人は想像した。

あるいは、木地師の一族だろうか。

木製品作りが下火になっても、一族で集まることはあるかもしれない。

「お祖父《じい》ちゃんもお祖母《ばあ》ちゃんも、お父さんも会議に出てるのに、わたしは呼ばれない。まだ早いって」

「星乃さん、まだ未成年だろ？　お父さんが出席してるって言うけど、一つ世代が違うじゃないか」

「でも親戚のおねえちゃんは、小学生の時に出席したって聞いた！　わたしもう高校二年生なのに！」

——その親戚のお姉ちゃんは、小学生の時から落ち着いてたんだな。

まだ早い、と星乃に言った保護者たちの気持ちが、晴人にも察せられた。落ち着いた性格の子どもは、初めて来た家で「わたしもう高校二年生なのに！」と大声を上げたりしない。

きつねうどんの丼を片付けた茜が、温かいほうじ茶を持ってきてくれた。

「はいお茶。お口に合えばいいけど」

「ありがとうございます。うどん、美味《おい》しかったです」

「おれも、美味しかったです」

「ほほ、どういたしまして」

——ううむ、根は素直だから見捨てづらいぞ、この女子高生。

仕方ない、付き合えるまで付き合おう、と晴人は決心した。茜と一緒にいれば変質者扱いや誘拐犯扱いはされないだろう。

「で、親戚たちの会議に呼ばれないからって、会場の京都に来ちゃったわけだね」

「はい。家に乗りこんで文句言ってやろうと思って」

「おやおや、激しいねえ」

——カチコミをかけるんじゃないっ。親しき仲にも礼儀あり、普段会わない相手ならなおさらだぞ。

やっぱり見捨てようかな、と思いながら晴人はほうじ茶を飲んだ。つゆに馴染んだ舌がほんわりと緩む。

「で、京都駅に着いてから、観光案内所みたいなところで行き方を聞いたんです。そしたら」

「うん、そしたら？」

「そっちへ行くバスはもうないよ、って。京都市の地図見せてもらったら、すごく南北に長くて」

——地図も見ずに来たのか。アホの子か。

呆れるべきか、同情するべきか。友人の安西もよく分かっていなかったが、京都市と呼ばれる地域は非常に広い。

「そんなに山奥だったのかい、親戚のお家《うち》は」

「正確に言うと、今日中に行って帰れるバスはなかった、です」

——おお、いきなり行って泊まっていくほど非常識じゃなかったか。良かった。

山奥に住むという相手方を思って、晴人は安心した。しかし星乃が今夜どこに泊まるのかという問題に気づき（良くない）と思う。

「星乃ちゃん、今夜はうちの店に泊まればいいよ。お家の人たちには一緒に連絡しよう」

「……はい。すみません」

本当に申し訳なさそうに、星乃はうつむいた。怒られないことでかえって殊勝な気持ちになったのかもしれない。

「星乃さん。おれが見たの、たぶん木ぼっこだと思う」

「ほんと？」

赤茶色の髪を舞わせて、星乃は勢い良く顔を上げた。

「前髪のところに蝶結びみたいな赤い線が描いてあって、目が細い。胴体は赤と緑の縞《しま》模様。エノキダケみたいな腕が生えてた」

星乃の顔が、一気に喜びに満ちる。

「木ぼっこだ！　頑張れば足も生えるのよ」

疾走するこけしを想像して、晴人は少しばかりぞくぞくした。夜道で追いかけられたら叫びながら逃げるかも、と思う。

「歌を歌ってたよ。温泉がどうとか湯けむりがどうとか」

「もう絶対、木ぼっこ！　どこにいたの？」

「ち、近い、近い。あと声がでかい。近所に響くぞ」

星乃は大人しくなり、晴人は安心してバッグのポケットから一枚の紙を出した。

「店の公式サイトを印刷したやつ。友だちを誘う時に見せたのがあった」

「デート？」

「違う。男二人で大盛りオムライス食べたかっただけ」

「ふうん。和風の古い建物で、カフェ？」

唐破風屋根が目立つ店の外観を、星乃は不思議そうに見る。

「築八十年の、元は銭湯だった建物だよ」

「銭湯？　だから、木ぼっこが引き寄せられたのかも。土湯温泉で生きてきたあやかしだもん。お風呂で賑わった場所、居心地がいいと思う」

「そういや、踊ってて機嫌が良さそうだった」

「足も。すごい」

思い出しながら、真似をして両腕を振ってみる。星乃が「ふふ」と軽く噴き出した。

「それ見て、心配要らないのかと思って声をかけずに出てきちゃった。ごめんな」

「ううん。……木ぼっこは、わたしを呼んでるつもりだったんだと思う。林や川で遊ぶ時、即興の歌でわたしを呼んでくれたから」

「そうなんだ」

「遠くからでも聞こえたの。わたしが熱を出して寝ている時も、山の方から木ぼっこの子守唄が聞こえた。『ねんねしてくんつぇ、川は蛍が舞ってるよ』って即興で」

「ねんねしてくんつぇ？」

「ねんねしてください、って意味」

「なるほど。カフェでも木ぼっこは、方言ぽい歌を歌ってた。星乃さんには聞こえなかった？」

星乃は悲しそうに「ううん」と答えた。

「そうか……。このお店とカフェ、そんなには離れてないと思うんだけど」

「星乃ちゃんの故郷と京都の街中じゃ、勝手が違うんだと思うよ。アウェイって言うのかね」

茜の説明に、そういうものか、と思う。

「そもそも、なんで京都駅から西陣まで来ちゃったんだ、君たち？」

「親戚の家へ行くのは諦めたけど、学業の神様の北野天満宮とか、晴明神社とか行こうと思って。木ぼっこは、帰ろうって怒ったんだけど」

「ああ……」

——名前に「星」が入ってるのに無軌道だな、この子は。

名は体を表すと言う。この少女は、実は流れ星なのかもしれない。軌道に従って周回する惑星でも、とどまって輝く恒星でもなく。

「事情が分かったところで、お家の人たちに連絡しようか」

茜が、待ち構えていたかのように言った。気がつけば夜の七時を過ぎている。

「連絡したらすぐ、木ぼっこを迎えに行きたいです」

「うん、心配だね。晴人君、すぐ行っておいで」

「えっ、おれですか？」

「ここに『営業時間　十二時から二十時まで』とあるね。閉店したら、木ぼっこは諦めてどこかへ行ってしまうかもしれない」

「そりゃ、そう離れてないとはさっき言ったけど。オーダーストップ考えたら三十分前には入らないとですよ？」

「きつねうどんの分、働いておくれ」

低い声で茜は言った。きつねうどんの「どん」がこれほど重く響いた経験は、晴人の十九年の人生で初めてだった。

「分かりましたよ。走ります」

立ち上がった晴人の腕を、星乃がつかんだ。

「わっ、何だよ」

「これ持っていって。持ってれば、わたしが信用した相手だと、木ぼっこに伝わる」

血の気が引いた白い手のひらに載っているのは、水晶だった。

見せるのさえ渋っていた宝物だ。

いいのか、と聞くのは野暮だと晴人は思った。

「分かった。ちゃんと連れて帰る」

土間に降りて靴を履き、店を通って玄関を出る。

左手にぎゅっと水晶を握った。さんごのいる、左の手に。

――会ったばかりの女の子に信用された。やるしかないだろ。

「頼んだよ！」

店の中から、茜のいつになく大きな声が聞こえた。

道はもう頭に入っている。

近所迷惑という言葉がふとよぎったが、晴人は走りだした。

＊

大盛りのオムライスと普通盛りのきつねうどんを続けて食べることは可能だが、その後で走るのはやめた方がいい。やめるべきだ。

そんな自分専用の教訓を、晴人は痛いほど嚙みしめていた。実際、脇腹が痛い。

──夕飯食べたから大丈夫です、って断れば良かったのに。おれはアホか。

茜の台所から漂う出汁の香りはあまりにも魅惑的だった。

だから「桔梗君も食べるかい？」と言う茜に「いただきます！」と答えた。美味しさを思えば、食べて悔いはない、と言えるのだが。

「主。息が荒いです」

ひそひそとした声で、さんごが言った。

「おう。だが、目的地は近いぜ」

「口調まで荒いです、主」

ふう、と繊細な吐息が左手首から聞こえる。

「わたし、もう休みます」

「疲れさせてごめん」

返事はない。さんごは寝つきが良いようだ。

のろくなってきた足取りで、明るい光に彩られた唐破風屋根に近づいていく。

時刻は十九時二十五分。

店にとってはオーダーストップぎりぎりの、ちょっと困った客かもしれない。

あと三十分ほどで閉店ですがよろしいですか、と言う店員に「はい、すみません」と笑顔で答えて晴人は店に入った。

作り笑顔でもせねば、脇腹の痛みで座りこみそうだ。

幸い店は空いており、夕方に来た時と同じテーブル席につくことができた。

壁には相変わらずこけし——木ぼっこがいて、腕を振って歌っている。

はるばる来たる　京の街
湯けむり立ったは　風呂屋さん
タワー立ったは　京都駅

歌詞のレパートリーがなくなってきたようだが、声は元気なままだ。

あの少女の相棒としては頼もしい。

——いや、行方をくらましてトラブルを倍加させてるけど。

しかしバイタリティは評価したい、と思う。

「木ぼっこ。木ぼっこ」

見上げながら小声で呼びかけると、エノキダケのような両腕の動きが止まった。

「星乃さんが探してる。これを預かってきた」

手のひらを開いて、水晶を見せる。

木ぼっこの腕が、ぶるぶると震えた。

「なぜお前が」

「信じてもらえたから」

店員が近づいてくる。

晴人は水晶を握りこむと木ぼっこから視線を外し、ホットコーヒーだけを頼んだ。

まだ胃に入れるのか、と思うと頭の奥でゴングが鳴りそうだ。

木ぼっこが「ふぬ」と声を出した。

両腕を振って勢いをつけ、壁の出っ張りから飛び降りる。

二本の足を生やして卓上に着地した時、晴人は心から自分の過去を祝福した。

普通の男子と桔梗家の総領、両方こなしてきた経験がなければ悲鳴を上げていただろう。

「頑張れば足も生えるって、星乃さんが……」

耳に手を添えイヤホン通話しているような振りで、それでも一応は小声で晴人は言った。信用してもらおうと思ってのことだ。

「星乃は、そこまで話したか。お前、星乃の何だ？」

「おれの知り合いの女の人が、星乃さんと一緒にいるの」

保護してる、という言葉を使わないよう晴人は気をつけた。万一誰かが漏れ聞いても問題ない言葉選びをせねばならない。

「ならば良し。感謝する」

晴人はスマートフォンを出し、かんざし六花の公式サイトを開いた。そういや土湯温泉ってどこなんだろう、調べ損ねたな、と思いつつ。

「ここにいる。ついてきてよ」

「ほう……。かんざし屋」

木ぼっこが画面を覗《のぞ》きこんでくるので、適宜スクロールしてやる。

店員がホットコーヒーを持ってきてくれたので、礼を言って一口飲む。

「わしは、星乃に分からせたかった。心配する気持ちを」

声だけ聴けば低めの女性の声だが、木ぼっこは自分を「わし」といった。

――見捨てたわけじゃないんだな。親御さんの心配する気持ちを分からせたかっただけで。

星乃が泣くような理由ではないのだ、と晴人は安堵した。

コーヒーをふうふう吹いて冷ましつつ、早めに飲もうと努力する。

自分はもう十七歳なのに親戚の集まりに出してもらえない、という話は、考えてみれば深刻な事態かもしれない。いくら性格の違いがあるとはいえ、親戚の女性は小学生で出席していた点も、星乃の不安の種だろう。

「木地師の一族も大変みたいだな」

「さよう、わしは木地師の一族を見てきたあやかし。本当に星乃は、お前に色々話したのだな。会ったばかりであろうに」

「おれと、茜っていう女の人に」

飲みやすい温度になってきたコーヒーに口をつける。

会計を終えて店を出ると、茜と、泣きそうな顔をした星乃が道で待っていた。

「木ぼっこ。ごめんね」

「大丈夫だよ、星乃さん」

安心させてやりたいのに、話し下手がまた出てしまった。

親族たちに言われる通り、自分は言葉が足りない――と思いつつ水晶をバッグのポケットから取り出した。

「返すね」

「ありがとう。ありがとう、走ってくれて」

水晶を受け取る星乃の脚に、木ぼっこがひっしとしがみついた。

満腹での全力疾走が結構危険だと晴人が知ったのは、その後下宿に帰ってネットで調べてからであった。

＊

翌日かんざし六花を訪れると、星乃はもういなかった。

「ご両親が来てね。やっぱり叱られてたけど、三人とも落ち着いて帰っていったよ」

茜は昨夜と同じようにほうじ茶を淹れてくれた。

左手でさんごが「良い香り」と眠そうにつぶやく。

「隕石《いんせき》みたいな子でしたよね。何だったんだろ」

京都の山奥で親戚同士の会合があり、木でできたこけしに縁がある、ということは木地師の一族で間違いないのだろう、と晴人は思う。

「そのうち分かるよ。そのうちね」

意味ありげに茜は笑った。本当だろうか。

「ご両親から宿代と、菓子折りをいただいたよ。お食べ」

「ありがとうございます」

茜が黒漆塗りの皿で出してくれたのは、こし餡《あん》の薄皮饅頭《まんじゆう》だった。

もうあの子と木ぼっこに会う機会はないのかな、と思いつつ、晴人はほうじ茶を喉に流しこんだ。

第三話・了

第四話 神様との再会

座卓に投げ出された晴人の手首に向かって、水月は飽きずに呼びかけている。もちろん、手首そのものではなく、組紐ブレスレットについている珊瑚玉に向けてだ。

「さんご。さーんご」

「はぁい、はぁい」

少女の声が応えるたびに、水月はりんりんりんと鈴の音を鳴らした。

「誕生に立ち会うのは、わくわくするのう」

「水月どの、わたしにも呼ばせておくれよ」

茜が晴人の手首に少しだけ顔を寄せた。

「さんご。よく来てくれたねえ」

「はぁい、はぁい」

頑是ない乳飲み子のように、珊瑚玉から声が返ってくる。主だというのに、晴人が声をかける暇がない。

「茜さんも水月も、ちょっと休んでよ。おれの左手、座卓に貼りつきっぱなしなんだけど？」

「やあ、すまん、すまん」

水月が座卓から離れた。

「ごめん、ごめん。お茶のおかわりを淹れようか。一杯目がほうじ茶とあられだったから、二杯目は抹茶少なめとお干菓子で」

「抹茶、点《た》てるの大変じゃないですか？」

「そうでもないよ。大きな器で点てて、人数分の酒杯に分ければいいんだから」

茜が座敷から土間を兼ねた台所へ下りていく。一部改装してショーウィンドーなど備えているが、基本的に「かんざし六花」の建物は町家の佇《たたず》まいを残しているのだった。

「さんご。返事してくれて嬉しいよ」

照れながら晴人が言うと、珊瑚玉はしばし沈黙した。

「あるじ、嬉しいの？」

「とても嬉しい」

水月がまた座卓に寄ってくる。

「わたしも。わたしも返事しもらって嬉しい！」

「あなたは、すいげつ？」

「さよう、さよう。可愛らしい白い狐の姿で、耳と尻尾の先が清らかに青いのだ」

「自分で言った！　実際、露草みたいな青できれいだけどさ」

「ははは、素直な奴め」

尻尾を振って、水月は座布団の上に仰向けになった。傍らには、大きな布の袋がある。内容は主に、この間智晴と両親が持たせてくれたお土産だ。蕎麦《そば》や餅など、日持ちする食べ物が多い。

「茜さん、少しもらってくれませんか？　祖父と両親が『泊まっていかないなら食べ物持ってけ』ってめっちゃたくさん……」

「いいのかい？　ご家族の心遣いを」

背中を向けて手を動かしながら、茜が聞いた。ポットの湯を器に満たし、茶筅《ちゃせん》を浸しているようだ。抹茶を点てる準備だろう。

「お世話になっている方へのお裾分けなら、文句ないっしょ。それと、昌和おじさんから宅配便でお菓子を預かりました。『若い者のご指導でお忙しいところ恐れ入りますが、よろしくお願いします』って」

「あら、あら。ご丁寧に」

茜が盆を座敷に運んできて、水月が受け取った。器用に二足歩行している。

「ありがとう、水月どの」

「何の、何の」

四つの酒杯に細かく泡の立った抹茶が注がれ、豆皿には菖蒲《しょうぶ》の形をした干菓子が四つ載っている。

「さんごの分もね。こうして話している間に、出てきてくれるかもしれないから」

晴人は、珊瑚玉の上で手のひらを左右に動かした。よしよし、と撫でているつもりである。

「良かったな、さんご」

「わたしも、出たいのです。どんな形を取ったら良いか、まだはっきりしなくて」

「そうなんだ……。お茶とお菓子、先にいただいていいかな」

「どうぞ、おきづかいなく」

「どんな姿形がいいか、おれも考えるよ」

薄紫の干菓子が、きめ細やかに口の中で溶けていく。甘みが消えないうちに、両手で酒杯を持って抹茶を流しこんだ。砂糖とは別の滋味深く淡い甘さが舌に広がる。

「うまい」

茶杯を唇から離した直後、パチン、と静電気に似た音がした。

「あるじ、そんなにおいしいのですか」

目の前に白い生き物が舞う。

水月によく似た白い尻尾は、先が薄紅色をしている。耳の先も、前掛けも同じ色だ。白い生き物は、するりとしなやかな動きで畳に着地した。

「やっと出てこられました」

「君が、さんご？」

晴人は目の前の生き物があまりきれいなので、確認せずにはいられなかった。この美しい狐が自分の式神で良いのだろうか。

「さんごです、あるじ」

見つめ合う主従の間に、白い影がすべりこんだ。水月だ。晴人に尻尾を向けて、さんごに相対している。

「わたしと瓜二《うりふた》つ。何ゆえ？」

「近いよ水月どの。生まれたての子を脅かすんじゃないよ」

さんごと鼻先をくっつけんばかりの水月を、茜はひょいと持ち上げた。さんごは青い目を大きく開いて、好奇心に満ちた顔つきをしている。

「あなたは、吉祥天《きっしょうてん》さまですか？」

さんごに問われて、茜は動きを止めた。

「なぜ私が吉祥天だと思ったんだい？」

「うつくしいし、たすけてくれました」

「あら、ほほほほ」

「あなや、悪者になってしもうた」

茜の腕からぶらさがりながら、水月はしょげた。

――福をもたらす吉祥天じゃなくて、狐に乗った恐ろしい荼吉尼天《だきにてん》だったりして。

本当に言ったら怒られそうなので、晴人は言葉を呑みこんだ。

吉祥天も荼吉尼天も、仏教を守る神様だ。元は異国の神様だという説もある。荼吉尼天も福をもたらすが、人の愛情を得るための呪法や人を呪うための呪法に利用された歴史がある。

「私は茜。さんごちゃんの主のご先祖、安倍晴明公の部下だよ。晴明様に依頼されて、陰陽師と式神を育てる役を担ってる」

晴人にとって意外なことに、茜はさんごを「ちゃん」づけで呼んだ。

「茜さま。あなたも陰陽師ですか？」

「いいえ。私は」

抱えていた水月を畳に下ろして、茜はたっぷりと間を置いた。

「あの世の閻魔大王の部下だよ。晴明公もね」

「ひゃっ、閻魔！」

さんごの尻尾が綿菓子のようにふくらんだ。

「大丈夫だよ、さんご」

ふくらんだ尻尾に触れてみたい欲望を抑えつつ、晴人はさんごの隣に座る。

「茜さんは、誰かを罰するために京都で暮らしているわけじゃないんだ。きっと晴明公もそうだ。……まだ会わせてもらってないけど」

晴人は茜に視線を送ってみる。

「会いたいかい？」

「想像したら心臓がバクバクしてきました。偉い人だから、しょぼい子孫でがっかりするかも」

何しろ、神社に祀《まつ》られているような人物だ。動悸《どうき》を鎮めようと、さんごの背中の毛並みを撫でる。さんごは青い目で優しく見つめ返してくれた。

「でも、会いたいです。今回の、式神と陰陽師を育てるって話の大元ですから」

「呼んだか」

地を這《は》うような陰鬱な声に、晴人は思わず立ち上がった。襖《ふすま》の向こうだ。奥の部屋に誰かがいる。

「晴明どの、そちらにおられたか」

水月が襖に歩み寄る。気分の高揚を示すかのように、リンと鈴の音が鳴る。

「ご子孫が、可愛い式神を生み出しましたぞ。ご覧なされ、ご覧なされ」

――自分そっくりなさんごを「可愛い」って言ったぞ。いや、それより。

陰鬱な声の主を、水月は「晴明どの」と呼んだではないか。

――ご先祖様、機嫌悪そう。

怒鳴られたら竦《すく》んでしまいそうだ。

身構え、正座して待つべきか迷い、結局さんごを抱き上げる。

「晴明公。桔梗家の総領、晴人と申します」

「ますますもって気に入らん」

――ひえええ。

脇腹に汗が流れる。これが冷や汗だろうか。

なめらかな音を立てて襖が開いた。

琥《こ》珀《はく》色の髪と瞳、稲荷の白狐《びゃっこ》に似た細面《ほそおもて》。顔と同じく白い首と胸元が、青鈍色《あおにびいろ》の着物から覗《のぞ》いている。

――誰だ、この舞台俳優みたいな人？

舞台俳優と思ったのは、相手の顔が整っているだけでなく、背が高いからだ。

「何がお気に召さないんです？　晴明様」

茜が言い、晴人はさんごを抱いたまま失神しそうになった。

——おじいさんじゃないの？　晴明公、八十過ぎで亡くなったんだよな？

「まず、晴明公と呼ぶのはやめなさい」

暗い洞穴から響くような声で、白皙《はくせき》の青年は言った。

——怖い。晴明公だと尊敬が足りない？　晴明様とか、ご先祖様とか？

ここで判断を間違うと落雷のごとき怒声を食らうのではないか。また脇腹に汗が流れた。

「お弟子さんは『晴明さん』と呼んでるよ」

茜が助言してくれて、晴人は茶吉尼天呼ばわりを後悔する。

「晴明さん！」

思わず力みながら呼ぶと、青年は目元を和らげた。おそらく合格らしい。

「よろしい。二つ目だが」

「はい」

「私は、子孫を見てがっかりなどしない」

――えっ、おれのこと結構好きですか。

「子孫が優秀だろうが平凡だろうが関係ない。子孫と先祖は別の存在だからな」

――あ、そういう。個人主義は重要、みたいな話ですね。

何となく晴明の人となりが分かってきて、晴人は首肯した。

「二人とも対決してないで、座卓へおいでなさいな。親戚の昌和おじさんの話も、もう少し聞きたいから」

潮時と見たのか、茜が手招きした。晴人が「はーい」と返事をすると、腕の中でさんごがほっと息をついた。

*

九歳の時、取り返しのつかない言葉を放ってしまった。二十代後半で重い病を患い教師の仕事を辞めるのが、どれほど無念だったか。

気丈に笑顔で接してくれた彼女に、自分がどれほど無神経なことを言ったか。

そして自分の行為が、どれほどイワナガという名の土地神を悲しませたか。発動された呪がどれほど一族の子どもたちとその親に不安を与えたか。

呪を解くとイワナガが約束してくれた時、肩の荷がいくらか下りた気がした。

心残りは、二つある。

遠くで結婚したというあの教師は元気か。

そしてもう一つ。

イワナガが一族の子どもたちに呪をかけた時、昌和も呪を被《こうむ》って神仏を見られなくなった。再び見ることができたのは、他の親族より遅い二十五歳の時だった。

あの時見た、赤い仮面の神は誰だったのか。

――仮面に角《つの》が生えていた。

古い記憶に心が引きずりこまれるのを防ごうと、南天昌和は窓の外を見た。小さな池で錦鯉《にしきごい》たちが行き交い、万華鏡のように刻々と新しい模様を作りだしている。テーブルには和紙で作られた手のひらサイズの和傘が飾られて、観光客に喜ばれそうなしつらえだと思う。

――いや、僕も喜んでるか。

日本らしい風景や、日本の細工物は好きだ。婿入り先の家業を継いで通販専門の八百屋をしているのも、賀茂茄子《かもなす》や万願寺唐辛子といったいわゆる京野菜の販売に力を入れているのも、根っこは同じところにあると昌和は思う。

間口が狭く奥行きのある店内は、庭に面した客席スペースと、京北産の米や野菜が調理される厨房《ちゅうぼう》に分かれている。米を炊く土鍋や「本日のおにぎり」を掲示した木札が銀閣寺の参道からよく見える設計で、工夫の巧《うま》さが窺《うかが》える。

今日は平日でしかも朝の九時過ぎなので、客は少ない。奥の座敷で観光客らしき老夫婦と、学生らしき青年二人が朝食セットを食べているだけだ。しかし昼時は順調に客が入り、休日には短い行列ができるらしい。昌和がこの店に卸している京北産の米や野菜の量も、有り難いくらいの水準を保っている。五月を迎えた今の時期は、特に米の需要が高い。銀閣寺の参道から如意ヶ嶽《にょいがたけ》へ入る登山客が、おにぎりを買っていくからだ。

「南天さん、えらいお待たせしました」

厨房から、純白の和風ユニフォームを着た男性が声をかけた。この「けいほく茶屋」の店長だ。

「新製品のご試食、すぐお持ちします」

「ありがとうございます」

昌和の前に、おにぎり三つが並んだ皿と一杯の緑茶、香の物三人前が並んだ。新製品は香の物で、店内でおにぎりや卵かけご飯にサービスで添える予定だという。使っているのは昌和が卸している京北産のキュウリだ。

「おにぎり、三つもつけてくださって」

恐縮する昌和に、店長は「いやいや」と手を振った。

「主力商品との相性を見てほしいので。ここ、よろしいか？」

「はい」

テーブル席の斜め向かいに座ると、店長は商品の説明を始めた。

「向かって右から梅おにぎり、塩おにぎり、醤油《しょうゆ》味の焼きおにぎりです。よく出るのがこの三つ。登山する人の口コミで評判になってるみたいです」

特に褒められたわけではないが、昌和は気分が高揚した。

塩だけのおにぎりが売れるということは、米が良いということだ。無論、米を炊くのに使われている銀閣寺の湧き水や、炊き方そのものも質が高い。

「これ、南天さんから仕入れてるキュウリね。白い小皿のは塩だけで漬けて、黒い小皿のは塩と酢とショウガの千切りで漬けてます。赤い小皿のは、塩だけで漬けた後、白ごまをちょっと混ぜてます」

「ありがとうございます。うちの野菜に手間かけてくださって」

「まあ『京北の美味《おい》しいお野菜』と看板出してるからには、試行錯誤もします」

今までは市販の漬け物を使っていたが、店長は手作りへの切り替えを考え、「やおや南天」からキュウリを仕入れてくれた。「お味噌汁《みそしる》や煮物だけやのうて、お漬け物も京北の野菜にしたらお客へのアピール度が増すんちゃうか」とのことであった。

「そやった、水もあります。味がよう分かりますやろ」

「ありがとうございます」

店長はいったん席を立ち、壁際の冷水ポットから紙コップに水を汲《く》んできてくれた。壁には「銀閣寺の湧き水　ご自由にどうぞ」と掲示してある。

「いただきます」

銀閣寺の湧き水で喉を潤しながら、塩、酢とショウガ、白ごま、と食べ比べてみる。次に、塩おにぎりを口に運ぶ。

「酢とショウガのも美味しいですが、小さいお子さんには刺激が強いかもしれないですね」

「ああ、そやねえ。やっぱり」

「僕は塩か、白ごまかなぁと思います。『京北産！』と前面に出すなら塩だけもありですよ」

「そやねえ。白ごままで京北産いうわけにはいかへんし」

店長は厨房に立つ店員と目を合わせ、うなずき合った。

「でも全部美味しいです。役得」

箸で焼きおにぎりを割る。ほわりと香ばしい空気が広がった。

「ほな、キュウリに塩として……九月まで安定してますやろか？　供給の方は」

「充分確保しときます。キュウリは自社農園で作ってますから」

キュウリや大葉など作物の一部は、自分たちで生産している。ある意味「やおや南天」は、八百屋兼農家なのだ。

「うんうん。それ聞いて安心した。シカやらイノシシやらは、どないです？」

「電気柵や罠《わな》で、何とか」

京北は景色が美しい山国だが、シカもイノシシも、場合によってはクマも出る。農業は景気や気候だけでなく獣害との戦いでもある。

「難儀なことやなぁ。シカは可愛い顔して木の皮まで食べよるし」

店長も京北出身なので、声にも表情にも実感がこもっている。

「そや、桔梗さん家の晴人君、こっちの大学に合格したんやってなぁ。元気にしたはるかな？」

「ああ、元気ですよ。九重桜の咲き終わりに、一回帰ってきました」

「そら、九重桜も喜んだやろ」

店長は傍流三家の一員ではなく、死者や神仏、あやかしを見る力は持っていない。しかし、八百万《やおよろず》の神だとか、草木に霊が宿っているとか、そういった考え方に親和性がある。桔梗家や南天家、柊家が陰陽師の子孫だという話も承知の上だ。

「梅おにぎりも、美味しいです。梅干しはどこのを？」

「和歌山の南高梅《なんこううめ》だったり、北野の天神さんでいただいた厄除《やくよ》け梅だったり、バラバラですねん。どの土地推しか分かりませんやろ」

「はは、でもどちらも良い梅ですよね」

京都市街の西部、西陣の北野天満宮では境内で育てた梅を梅干しに加工して「厄除け梅」として頒布している。近年は所蔵する銘刀・鬼切丸《おにきりまる》の名を記した千社札を添えたものもあり、好評らしい。

――西陣と言えば。

遠い先祖である安倍晴明を祀った晴明神社は、西陣に鎮座している。昌和は何度か参拝した覚えがあるが、一度も祭神たる安倍晴明公を見たことがない。

だが、晴人の遭遇した茜という女性は、安倍晴明公の部下なのだという。

――どういうことになっているんだ、ご先祖様は。

疑念を抱えつつ、昌和は適温になった緑茶を飲み干した。

「天神さんいうたら、ほら。あちら最近お迎えしてみたんです」

店長は、さっき水を汲んでくれたポットのあたりを手で示した。

ポットと同じ棚に、小綺麗《こぎれい》で丸っこい公家《くげ》らしき人形が置かれている。

「へえ、天神さんの人形ですね。ちょっと拝見します」

席を立って近くで見ると、葉書よりやや小さなカードで説明書きが添えてあった。

小京都・福島県会津若松市の張り子

京都の文化を受け継いだ街のことを小京都と呼びます。会津若松市では、戦国武将の蒲生氏郷《がもううじさと》公が京都から職人を呼び、多くの人形を作らせました。こちらは会津の張り子の天神様です。京都の北野天満宮に祀られている菅原道真《すがわらのみちざね》公は、会津でも学問の神様として有名です。会津の張り子は、赤べこが有名ですね。首がゆらゆら動く魔《ま》除《よ》けの赤い牛です。

説明書きの末尾に、赤べこが描いてあった。丸い大きな目が愛らしい。

「修学旅行で東北からも学生さんが来はりますやろ。地元と京都のつながりを知ってもらおと思うて」

「ああ、イメージしやすいですね。天満宮は日本中にあるし、蒲生氏郷はゲームに出てくるから」

　赤べこから視線を外しつつ、昌和は言った。二十五年前の、また別の思い出に捕らわれそうになる。温かく苦い思い出だ。

「人形は、オンラインで買わせてもらいました。会津の民芸品店でね。ささやかな支援ですわ」

「伝統産業への支援ですね」

　昌和は大きく頷《うなず》いた。八年あまり前――二〇一一年三月に起きた災厄の話だ。彼《か》の地はまだ復興の途上にある。

「赤べこのイラストのおかげで、分かりやすいですね。有名な土産物で縁起物だから、東北以外から来た人にも『ああ、あれね』と分かる」

「はっはっは、従業員に描いてもらいました」

　――会津には、親戚がいます。彼女の代わりに、僕から御礼《おれい》を言います。ありがとうございます。

御礼の言葉を、昌和は胸にとどめた。

赤べこに関わる温かく苦い記憶を、商談中に甦《よみがえ》らせたくはなかった。

柔らかい笑顔で試食の代金を固辞する店長に送られて、昌和は銀閣寺の参道に出た。

親子連れの観光客を見かけて、妻と息子の昌光を思った。

帰宅の時刻を妻に連絡しようと、スマートフォンを出す。メッセージに気づいて開いてみると、晴人からであった。

昌和さん。かんざし六花の茜さんから伝言です。昌和さんの式神、育てても良いそうです。それと、さんごが無事に生まれました。外見が水月そっくりです。青い部分がピンクです。それと、晴明さんがイケメンでした。

新規情報が盛りだくさん過ぎて、すぐには理解が追いつかない。

駐車場に戻り、車の運転席に座ってからもう一度メッセージを読む。式神を育てて良いという知らせも、さんごが無事生まれたという知らせもめでたい。神の御使いそっくりなのは意外だが、狐の双子のようで微笑ましくて良いと思う。

呼び方が「昌和おじさん」から「昌和さん」に変わったのは、単なる脱字かもしれない。

妙なのは「晴明さんがイケメンでした」という部分だ。この間京北町で会って話した限りでは、あまり人の外見を云々《うんぬん》するタイプではなさそうだったのだが。

――晴明公なら『イケオジ』じゃないか？　よく知らないけど。

昌和の念頭にあるのは、晴明神社に立つ銅像だ。烏帽子《えぼし》をかぶった安倍晴明の像は、目元の涼しいヒゲの似合うおじさん、という印象であった。

しばし考えて「今、銀閣寺参道で仕事を終えました」と短い返事を送る。すると、すぐに返信があった。

今から「かんざし　六花」に来られますか？　茜さんが会いたいって言ってます。生身の人間がおれしかいなくてちょっと寂しいので、来てくれるとおれも嬉しいです。

――礼儀正しいのか押しが強いのか、よく分からない若者だ。いや両方か。

文面の「茜さんが会いたいって言ってます」は、妻に見られたら誤解されそうだ。帰宅後、自分から説明した方が良いだろう。妻も同じ傍流三家の人間なので、すぐ納得すると思われる。

短く「このまま車で行くよ」と返事を送ると、晴人は少し間を置いて、店の付近にある駐車場を地図付きで教えてくれた。

桔梗家の総領は、礼儀正しく押しが強く、優しく、気の利く若者でもあるらしい。

＊

桔梗家の総領は本当に気が利く若者だ――と、昌和はあらためて思った。

今同じ座卓で茶を飲んでいる安倍晴明は、美男子あるいは美丈夫と言っていいくらいに外見が麗しい。年齢は二十代後半に見える。

前もって晴人が「イケメン」と教えてくれなければ、自己紹介した晴明に向かって「御冗談でしょう」くらいは言ったかもしれない。

――さっきの情報てんこ盛りメッセージのおかげで、心の準備ができた。

座布団の上で、水月が腹を見せて寝ている。

さんごがその横で毛づくろいをしている。

茜と名乗る美しい女性は、引き出しからさまざまな和小物を持ってきては、畳に広げた風呂敷《ふろしき》に並べている。

絹で作った花かんざし、漆塗りのかんざし、柘植《つげ》で作った櫛、和の文様があざやかな財布、巾着など。

この中から、昌和の式神を宿らせる苗床を選ぶらしい。

「女物ばかりで戸惑うでしょうけれど、木や水の力がこもった品で持ち運びが楽な物となると、ね」

茜が小首をかしげて言う。

「財布あたりが無難だろう」

晴明が言い、晴人も「ですね」と同意した。

「木や水の力がこもっていて、自分が気に入った品……でしたよね」

並んだ品々を見ながらゆっくりした口調で確かめる。

「そうだな。極端な話、坊主頭の人間が櫛やかんざしを選んでも、気に入ったなら問題ない」

「なるほど」

実のところ昌和の興味は、一本の花かんざしに集中していた。と言っても、到底似合わない代物だと思う。背中の筋肉が厚く、妻の朝美《あさみ》から「遠くから見てもすぐ分かる」と言われている自分には。

――でも、朝美には似合う。

「赤い房飾りがついた、この花かんざし……。薬玉《くすだま》ですよね」

「そう、薬玉。よく知っておいでだねえ」

褒められて気恥ずかしくなる。薬玉を知っているのは自分の努力や知識欲ゆえではない。桔梗家の教育の一環として幼い日に教わったからだ。

「もうすぐ端午《たんご》の節句なので、思い出したんです。息子のための五月人形や、家族で入る菖蒲湯《しょうぶゆ》は準備したんですが……薬玉は用意してないな、と」

「宮中の行事だしね」

薬玉とは、ヨモギなどの薬草や花などを丸く玉にした飾り物で、魔除けの役割を持つ。宮中――帝の周囲では、五月五日の端午の節句に薬玉を飾ったらしい。

「茜さん。これも舞妓《まいこ》さんが使うんですか？」

晴人が興味深そうに尋ねた。

「そうだよ。今の時期なら菖蒲や藤が一般的だけど、薬玉もありかと思ってね。いくつか作ったうちの一本」

「へえー」

「もちろん、一般の女性が使ったっていい」

茜は昌和に目配せした。奥さんが挿してもいいですよ、という意味だろうか。

絹細工の花と葉を半球状に集め、赤い絹の房飾りを垂らしている。魔を祓ってくれそうな佇まいだ。

「これを選びます。厄を祓ってくれるように」

「いいだろう。昌和君の式神の苗床は、薬玉の花かんざしとする」

先ほどから晴明は、昌和を君付けで呼ぶ。紀元一〇〇〇年頃の人なので、年の差およそ一千年——なのだが、慣れるのに時間がかかりそうだ。

「昌和さん、可愛い物好きなんですね」

脱字ではなく、晴人は呼び方を変えてしまった。「どうしたの」と聞いたところ「呼びやすいから」とのことであった。そうか、この若者と話す機会が増えそうだものな、とこちらはすぐ納得できた。

「桐箱に入れようか。うちの商品を入れてるのと同じ」

茜が出してきたのは、白い桐材の箱だった。蓋がスライド式になっていて、構造としては箸箱に似ている。「足」と呼ばれるかんざしの棒の部分を固定できる造りだ。

「房飾りも固定できるけど、細工物だからね。あまり激しく動かさないようにね」

「はい」

茜は二十二、三歳に見えるのだが、何とも言えない迫力がある。おかしな喩《たと》えかもしれないが、畑仕事も涼しい顔でこなしそうな雰囲気だ。

「昌和さん、名前はどうするんですか？　式神の名前」

尋ねる晴人の後ろで、さんごが耳をぴくぴく動かしている。妹分か弟分になるので気になるのだろう。

「どうしたもんかな。女性の髪飾りだから、女性の名前がいいんだろうか」

「いや、そこに拘《こだわ》るよりも、昌和君の願いをこめた方がいいな」

「願い、ですか」

桐箱の蓋をスライドさせ、薬玉を出したり隠したりしてみる。

「厄除けだとか、家内安全だとか、商売繁盛だとか、ひっくるめたような名前……。晴人君、知らないか？　そういう名前」

「難しすぎますよ。なんでおれに聞くんですか」

「大学で社会福祉とか経営学とか勉強してるって聞いたからさ。全体の利益とか幸せみたいな言葉、ないかな」

晴人は生真面目に腕組みをして考えはじめた。左右を水月とさんごに挟まれて、唸《うな》っている。

「う～ん、う～ん、ＳＤＧｓ、サステイナブル……。横文字ばっかりです、思いつくのは」

「おお……無理言ってすまない。晴明さん、少しお時間をいただいてもいいですか」

「ああ、構わない」

鷹揚《おうよう》にうなずいた先祖に、昌和は頼りたくなった。他に分かる人間もいまい、と思ったせいもある。

「晴明さん。ひとつ気がかりがあります」

「何だろうか」

「イワナガ様の呪は、僕にもかかりました。九歳の時から二十代半ばまで、神様や仏様とは関われなくなりました。見えず、聞こえずで」

「そうか」

「しかし、銀閣寺のそばである神様に出会ってから、呪が解けました。角の生えた赤い仮面を着けた神様です」

「ほう」

「その神様に、言われました。『神の呪の匂いがする』、そして『土の気を持つ者よ、京を守れ』と」

「『神の呪』はイワナガ様の件ですよね。『土の気』は、昌和さんの強みの土気？」

晴人がつぶやいた。

「うん。そういう文脈だった」

「やたらこっちの事情に詳しくないですか？」

晴人がいぶかしむ一方で、晴明は驚かない。もっとも、普段から感情の起伏が乏しい風なのだが。

「会いたいのか。赤い仮面の神に」

「会えなくとも、せめて名を知りたいんです。五行についての知識や見識もあるようだった。もしや、陰陽道や陰陽師に関係の深い神様だったのではないかと。晴明さんは、何かご存じではないですか？」

「昔から知っている。さきがけ祭の斎行《さいこう》にあたって契約した神でもある」

「教えてもらえませんか。何という名のお方なのか」

なぜ、と問うような目で晴明が見返してくる。

「僕は小さい頃から、叔父の智晴さんや両親から『自分の持つ土気を大切にするように』と言われてきました。しかし『京の地を守れ』とまで大きなことは言わなかった。どういう神様なのか、気になります」

「親より大きな期待を持ってる神様、気になりますよね。『進捗はどうだ』って聞いてきそう」

「怖い想像させるなよ、晴人君」

「九年ですよ。いくら神様でもそろそろ報告が欲しいかも。伊勢神宮《いせじんぐう》は二十年ごとに式年遷宮《しきねんせんぐう》で屋根の葺《ふ》き替《か》えするでしょ？」

「伊勢の神ではない」

晴明が断言した。懐紙に万年筆で何か書きつけている。

「昌和君が式神を生み出した時、神が何者なのか分かるだろう。……どちらか一方、手の甲を出してくれ」

自分の両手を一瞬見て（何もついてない方がいいかな）と右手を出す。今日は商談だったので、左手には結婚指輪と腕時計が光っている。

「おのが式神を待つ者よ、わが示す神紋と一つの音信を持て」

低い声で唱えながら、晴明が懐紙を昌和の手の甲に当てる。役割を終えたかのように白い懐紙はくしゃくしゃと小さく丸まって、晴明の手に握りこまれた。何が書いてあったのか探る暇もなかった。

「晴明さん、今のは」

「後のお楽しみだ」

やや砕けた口調で、晴明は丸まった懐紙を腰の巾着にしまった。

「晴明様自身が楽しんでませんか？　ご子孫に謎かけみたいなことをして」

茜が言うと、晴明は「仕事だ」と言った。

――嘘じゃないだろうけど、楽しそうでもあるぞ？

伝説に聞く偉大な先祖・安倍晴明は、思ったほど厳格でも湿っぽくもなく、部下からそれなりに好かれているようであった。

＊

九歳のあの日、「やめて」と一言残して歩き去る教師を見て、大変なことをしたと思った。

明日からどんな顔をして担任教師に会えばいいのだろうと思いながらの帰り道、木陰に佇むイワナガと遭遇した。岩から離れた場所で会うのは初めてだった。

「あれはいけない。昌和」

御使いである鳥たちが、昌和と担任教師が話している場面を見ていたのだ、とイワナガは言った。

「私は傍流三家の子どもたちに呪をかける。二十歳くらいになって分別《ふんべつ》がつくまで、神や仏を見られぬようにする。神や仏の力を自らの力だと思わぬように。神や仏との関わり方を間違えぬように。昌和も例外ではない」

イワナガは白い面で顔を隠し、やがてその姿全体も夕闇に溶けた。呪がかかったのだ、と昌和は震えた。

家に帰って母親に話した時、悲しそうな顔をされたのを覚えている。

「誰も悪くない。昌和は優しくする方法を知らなかっただけ。光代先生は病気でつらいから『やめて』と言っただけ」

母親はそう言って慰めてくれたが、優しくする方法を知らないのは、当時の自分には恐ろしいほどの欠落に思えた。

やがて父親も帰ってきて「それぐらいで済んで良かった」と言った。

続けて父親が言ったことは、今ももっともだと思う。

「分かっているだろうに。桔梗家は表向き『陰陽師・安倍晴明の傍流の子孫』と言われている。だが実際は普通の人間。そうでなければ今の世の中で生きていけない」

分かっていたのに、好きな担任教師がいなくなると思ったら口をついて出てしまったのだ。「神様にお願いするから大丈夫」と。

まだ十歳にも達していなかったとはいえ、大きな失策だったと今でも思う。

担任には両親から謝り、親族会議では両親が説明する——家族三人の会議でそう決まりかけた時、昌和は「親族会議、出る」と言った。

なぜと問うた父親に「このまま親族会議から逃げて一生過ごすの嫌だ。怒られる方がまし」と答えると、父親は「おう」と言って笑った。母親は「ほええ」と言いながら父子を見比べ、昌和は笑いそうになった。

あの時自分は、桔梗家を始めとする傍流三家に関わり続けると決めたのかもしれない。親族会議から抜けたところで、制裁を加えられるわけでも追っ手がかかるわけでもないのだ。

親族会議に出席して予想外だったのは、桔梗家の当主——智晴が一同に謝罪したことだった。

まだ四十代で白髪も少なかった智晴は、襖を取り払った大広間で「私の責任だ」と言った。

いわく「今の世代の子どもたちに振る舞い方を教えるのは桔梗家当主の役割だ」と。

それに対して親戚たちは「どういうことに気をつけるかぐらいは話し合っておこう

か」「もっと早く、子どもと社会の適応について考えておくべきだった」などと言いだし、自分の行いを説明した昌和は置いてけぼりの格好になった。

責められるかと思ったのだが、大人たちは昌和一人よりも傍流三家の行く末を問題にしていたのだった。

話し合う大人たちをぽかんと見つめていると、横から腕をつかまれた。福島県の会津若松市から来た、柊家の小さな女の子がこぶしを突き出していた。

「あげる。赤べこ」

開いたこぶしから出てきたのは、赤べこの根付であった。紐《ひも》と鈴がついていて、ちゃんと首が動いた。

「赤べこ、可愛いからあげる」

でも、と言いかけた昌和を、女の子は手のひらで遮った。

「会津には、たくさんいる」

困惑する昌和に、女の子の母親が「いいから、いいから」と言った。女の子の父親も「うちの子、赤べこを広めたいみたいだから」と止めなかった。

「もらうね。ありがとう」

努めて笑顔を作り、昌和は礼を言った。

「どういたしまして」

女の子は無表情であったが、親族会議が終わるまで近くにいてくれた。両親と一緒とはいえ、親戚一同の前で事情を説明し「ごめんなさい」と頭を下げた昌和の姿を見て心配したのかもしれない。

あの女の子は、二つ年下の七歳だった。

そばにいてくれたのは嬉しかったが、年下に気を遣わせたのは申し訳なかった。

だからこそ、二十五歳の初夏に赤い仮面の神に出会った時は驚いた。あの時の赤べこが、十六年の時を経て化けて出てきたと思った。よくも会津若松の女の子に心配をかけたな——と、怒られると思いこんだのだ。

場所は、銀閣寺の湧き水が飲める如意ヶ嶽の登山道だった。

桔梗家から南天家へ婿入りし、「やおや南天」の社員として「けいほく茶屋」で初めての商談をした後だったのを覚えている。店で使われている銀閣寺の湧き水に興味を持ち、湧いている場所に向かったのだ。

水筒も何も持っていなかったので、樋《とい》から流れ落ちる清冽《せいれつ》な湧き水をただ眺めていた。背後で誰かが動いた気配に振り向くと、角の生えた赤い仮面が自分を見下ろしていた。白く長い髪が風に舞って、昌和の視界をふさいだ。

「あ、赤べこ」

昌和が口走ると、赤い仮面の主は笑った。仮面で隠れているのは顔の上半分だけだと、やっと気づいた。露出している唇や顎の皮膚には張りがあり、まだ若い男性のようだった。

「聞いたことがある。会津という北の地の玩具《がんぐ》だな。魔除けの牛だ」

赤べこではない、ならばこの男は誰だ。

登山道に不似合いな、公家のように狩衣《かりぎぬ》を着たこの男は。

「お前は、神の呪の匂いがする」

指さされて、昌和は狼狽《うろた》えた。この仮面の主は、イワナガとの件を知らないまでも何か感づいている。

「なぜ、呪のことを」

「こちらも神だからな。分かる」

ジジ、と鳴きながら小鳥が飛ぶ。頭のてっぺんに黄色い羽毛の生えたキクイタダキだ。

キクイタダキを肩に止まらせ、赤い仮面の神は言う。

「五行のうち、土気は変化を司《つかさど》る。自らの強みで京の地を守れ」

「えっ？　あなたは……？」

もう赤べことは思えなかった。京都ゆかりの神に違いない。一歩近づいた途端に赤い仮面の神は跳躍し、キクイタダキとともに視界から消えてしまった。

昌和はその日、京北町へ戻る前に下鴨神社に立ち寄ってみた。祭神である玉依姫《たまよりひめ》命《のみこと》に逢《あ》えるとは限らないが、その片鱗《へんりん》でも味わえないかと思ったためだ。

糺《ただす》の森《もり》の木々を見上げていると、紅梅色《こうばいいろ》の衣をまとった幼い女の子が小川の縁を歩いていた。年の頃は三歳ほど、栗色《くりいろ》の髪を長く伸ばした、吊《つ》り気味の大きな目が猫を思わせる女の子であった。

「今年も、葵祭《あおいまつり》。つつがなし。今年も葵祭、つつがなし。葛城一言主神《かつらぎひとことぬしのかみ》、お祝い、申し上げる」

昌和には目もくれず、歌うように言祝《ことほ》ぎながら女の子は歩き去っていった。

奈良県の中西部に、葛城一言主神社がある。一説には、京に棲《す》みついた賀茂族は葛城の地からやってきたという。上賀茂神社と下鴨神社が五月に行う葵祭を、わざわざ見に来たのだろうか。

家へと向かう自動車道で、昌和は白い狐を見た。後を追うと、京北町の稲荷谷《いなりだに》という集落に至った。さては稲荷の御使いか、と思っていると、果たして白い狐は稲荷社の赤い鳥居をくぐっていった。

この時ようやく、昌和は「イワナガ様の呪が解けた」と実感した。

親族会議でもらった赤べこの根付はだいぶ古びたが、布に包まれて今も車のダッシュボードに入っている。

＊

畑はいずれもネット付きの柵で囲まれている。

農作物を荒らすシカやイノシシを防ぐために買い求めたものだ。場合によっては電気柵も罠も用いる。

畑の脇に何十年もあるという表面のつるつるした岩に座って、昌和は耳を澄ました。

手には茜から受け取ったばかりの桐箱がある。

中には薬玉の花かんざしがあるのだが、もったいない気がして蓋は閉めたままだ。

野鳥の声や竹林が風になびく音。

遠くから車の走る音。

さほど警戒心を煽《あお》らないそれらの音に交じって、キイキイと高い鳴き声が聞こえた。

——また来てるな、ウリ坊が何匹も。

ウリ坊と呼ばれるイノシシの仔《こ》は縦縞《たてじま》が入って愛らしいが、農家にとっては敵だ。親が死に物狂いで柵や罠を突破して作物を食い、その栄養がウリ坊に与えられる乳となり、仔は大きくなってまた畑を荒らす。控えめにしてくれと頼んでこのサイクルが控えめになるのなら、どんなにいいかと昌和は思う。

——式神の名前も問題だけど、獣害もどうにかしないと。

ウリ坊の鳴き声が聞こえてくる、木立の奥へと目を凝らす。獣じみた臭《にお》いを一瞬感じて、やっぱり親も一緒だ、と思う。

刺激すれば仔を守るため凶暴になるだろう。近づかない方がいい。

——式神の名づけ、イノシシ殺しとかクマ殺しとかにしようかな。

物騒な名前を空想しつつ、木箱を撫でる。中に納まった可憐《かれん》な薬玉を思うと、それも可哀《かわい》そうな気がする。

——君は魔除けだからな。みんなを守って、安心させてくれる名前がいいよな。

夕暮れの近い畑を見回す。

杉木立に沿って視線を動かせば、他の家の畑や納屋も見える。

赤い屋根のあの家では、初夏に豆が採れる。

もう少し山に近い家では、秋に丸々とした栗《くり》が採れる。

もっと奥へ行くと鶏をケージではなく小屋で平飼いしている農家があって、旨《うま》い卵だと評判を集めている。

――獣害の心配がなければ、楽園に近い。少なくとも僕にとっては。

楽園の類語である「楽土《らくど》」の二文字が思い浮かんだ。

子どもの頃からテレビや本などで何となく知っていたが、心の奥に楽土という言葉が住み着いたのは、漢文の授業に出てきた時だ。

題名は大鼠《おおねずみ》を意味する「碩鼠《せきそ》」。

中国の古い民謡を集めた『詩経』に収められた一編である。

現代語訳は、今もだいたい覚えている。


大きな鼠よ、大きな鼠よ。

私の育てた黍《きび》を食べないでおくれ。

三年お前に仕えたが、私を全然気にかけてくれないのだな。

お前から離れ去って、あの楽土へ行こう。

楽土、楽土。

ここに私の安住の地を得よう。


第三章まである古詩だが、内容はどれも似たようなものだ。

作物を食べる大鼠に自分は仕え隷従しているのだとうそぶき、大鼠のいる場所から離れてユートピアで安らかに暮らそうと締めくくる。

「逝《ゆ》きて将《まさ》に女《なんじ》を去り、彼《か》の楽土に適《ゆ》かんとす。楽土、楽土、ここに我が所を得ん」

原文を小さな声で暗唱してみて、眉をひそめた。

——習った時も思ったけど、なんで人の方が去るんだ。自分で耕したのに。

ユーモア交じりの漢詩に対して、つい真剣に反駁《はんばく》したくなる。

祈るような思いで桐箱の蓋をずらした。

魔除けの薬玉をかたどった美しい花かんざしがそこにある。

茜が作って自分が選んだ、自分の式神の苗床だ。

「君の名前を『楽土』にしようか。京北の田畑が守られるように」

花かんざしからは何の反応もない。

ただ、昌和は自分の中の変化を感じていた。

——僕は、自分と家族だけじゃなく、他の家の作物も守りたいんだな。

この仲間意識に似た気持ちは、いつの間に発生していたのだろう。

地下茎が膨らんで芋になるように、だんだんと大きくなってきたのかもしれない。

イワナガの呪を解く見通しがついたことで楽になり、自分の気持ちに敏感になったのかもしれない。

「楽土。僕と一緒に、京の地と京北を守ってくれるか」

晴明が守ろうとしている、赤い仮面の神が守れと言った京都と、自分が住む京北は離れている。旧国名で言えば京は山城《やましろ》、京北は丹波《たんば》だ。

「両方守るのは欲張りかもしれない。でも、ご先祖がいた土地だから、一緒にやってみよう。楽土」

「楽土、と呼んだか。俺を」

男性の声が応え、桐箱の中から風が吹いた。

昌和は思わずまぶたを閉じ、「来た」と思いながらそっと目を開けた。

畑にも木立にも変化はない。

ただ、自分が座っている岩の隅に白い物が落ちていた。

形は赤べこに似ている。

九歳の時に親族会議でもらった、あの小さな根付に大きさも形もそっくりだ。

だが、白い。あえて名づけるなら「白べこ」だ。

白く丸っこい頭と体。黒く丸い目。胴体を飾る赤と金色の円。

「カラーリングが花嫁衣裳《はなよめいしょう》みたいだ」

「俺は式神であって、花嫁ではない」

生真面目に白べこ――楽土は返した。

「君の息子が好きな四角い玩具に似たのだ。文句を言われる筋合いはないぞ」

赤べこと同様に、首がゆらゆらと揺れる。

「いや、文句はないし、むしろきれいだと思うけど。昌光の好きなおもちゃって？」

「車で連れて行く時、よく持たせているだろう」

「もしかしてミニカーの救急車？」

全体が白く、赤も少々入る救急車のカラーリングは確かに楽土に似ている。

「うむ、救急車。そんな名前だったように思う」

ゆらゆら動く首は、まるでうなずいているかのようだ。

「楽土か。良き名前をありがたく思う」

「満足してもらえて嬉しい」

「我が主よ、俺を呼ぶ時はあの文句を唱えてほしい。『楽土、楽土、ここに我が所を得ん』というやつだ」

「ちょっと長くないか。救急車は119で来てくれるぞ」

「気に入ったのだ」

「分かった。効率重視ってわけじゃないんだな」

あたりがだんだんと薄暗くなってくる。

思ったより時間が経っていたようだ。

「ところで、我が主。右の手の甲に神紋が出ておる」

「えっ？」

見れば、既視感のある紋が銀色に浮かび上がっている。

家紋にもよく使われる木瓜紋《もっこうもん》と、左回りの三つ巴《みつどもえ》。

きらきらと光って、銀色の粉を型紙越しに振りかけたかのようだ。

「今日、晴明さんが何か仕掛けてくれたみたいだけど」

晴明が右の手の甲に懐紙を置き、何か唱えていたのをすっかり忘れていた。

「あれは陰陽術なのかな。呪文を唱えていた。『式神を待つ者よ、私が示す神紋と一つの音信を持て』だっけ？」

おおむねそんな内容であった。

「家紋ではなく、いずこかの神社のご神紋なのだな。我が主」

「うん。木瓜紋に左三つ巴……。八坂神社《やさかじんじゃ》の神紋だ」

「八坂神社の御祭神は、牛頭天王《ごずてんのう》……昔作られた木像は、人の頭に牛の頭が載った姿だった」

白い牛の姿をした自分の式神と、顔を見合わせる。

黄昏《たそがれ》の中を、頭の黄色い鳥が横切った。キクイタダキだ。

「呼んだか、呼んだな！」

紛れもない人間の声でキクイタダキが鳴いた。

「その神紋で、牛頭天王を呼んだな！」

「ええと、お久しぶりです……？」

「分かっておる、そのごつごつした背中は見覚えがある。九年前に銀閣寺の湧き水に見とれておった若者だ！」

——顔じゃなくて背中の筋肉で覚えられてたのか……。

農作業でついた筋肉が印象に残るのは光栄だが、若干複雑な気分だ。

「喋れたんですね」

「そうとも。牛頭天王の御使いゆえ」

キクイタダキは昌和の膝頭に止まり、頭の黄色い羽毛をぶわっと膨らませた。

「普通のキクイタダキと違って、黄色い冠毛が大きめなのだ。覚えておけ」

「タンポポみたいだ」

誉《ほ》め言葉だと分かったのか、キクイタダキは「ふふん」と笑い声を漏らした。

「そちらの白い牛は？　そしてお前は何者だ？」

「話せば長くなりますが……」

「我が主よ！　またお客人である！」

楽土が声を上げた。

夕風に白く長い髪を舞わせて、狩衣姿の男が歩いてくる。

顔の上半分は、角の生えた赤い仮面で隠れていた。

「土気を持つ者よ。その手の神紋から、安倍晴明の気配がするな」

膝からキクイタダキが飛び立ち、牛頭天王の肩に止まる。

昌和は、手のひらに楽土を載せて立ち上がった。

「先祖なのです。陰陽師にして閻魔庁第三位の冥官、安倍晴明は」

「子孫たちに式神を持たせる件は、晴明から聞いている。だが今は仕事の話よりも、九年間生き、式神を得たお前を言祝《ことほ》ごう」。

仮面から覗く口元は、笑っていた。

「八坂神社と銀閣寺は東山《ひがしやま》山麓でつながっている。見回りの途中で神の呪の匂いをさせた若者がいるものだから、災厄の前触れかと警戒したものだ」

「牛頭天王は京の東の地を守っておるのだ」

羽繕いをしながら、キクイタダキが言い添えた。

「京の地は、守れそうか」

「まだひよっこですが」

昌和はまず、楽土の名の由来を紹介しようと思った。

牛頭天王と同じ、守るべき土地を持つ者として再会したのだから。

第四話・了

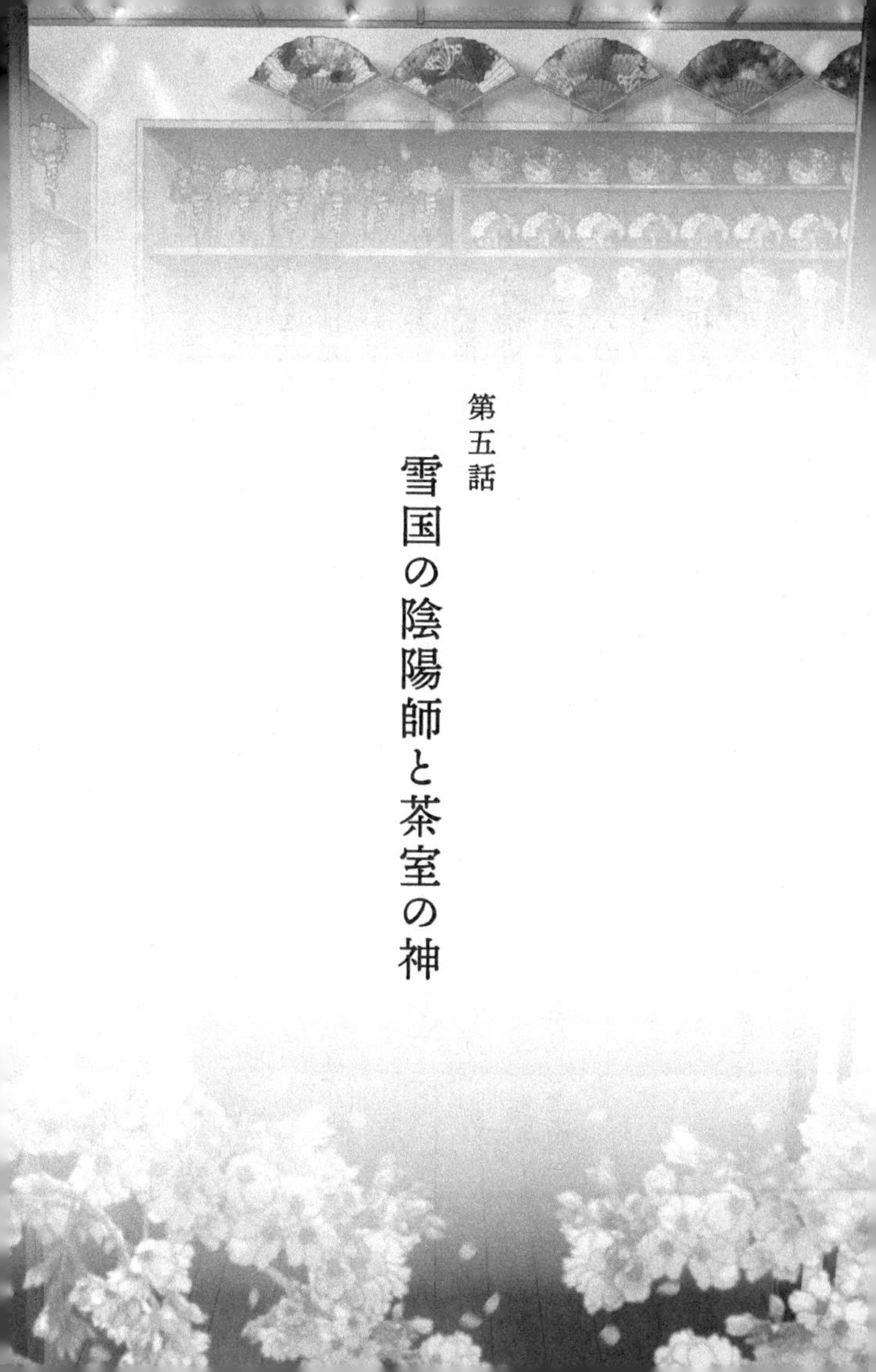

第五話

雪国の陰陽師と茶室の神

硬い柏《かしわ》の葉をめくると、甘やかな香りとともに真っ白な餅が現れた。

大きな口を開けて食べるか、まずは端っこを小さくかじるか、迷いながらも晴人は柏餅《かしわもち》を口元に近づけた。

「これ、さんごよ。葉っぱは剝くものだ」

自分の式神がとがめられたので、晴人は横目で隣を見た。

さんごが両前足で柏餅を捧げ持ち、大きな口を開けてかぶりつこうとしている。

座卓の向かいでは、水月が目を吊《つ》り上《あ》げていた。

「桜餅の葉は柔らかいが、柏餅の葉は硬いのだ。やめておくがよい」

「水月さん。式神であるわたしには食べられるかもしれません」

「ぬうう、実験精神にあふれておる」

水月がたじろぐのを眺めつつ、晴人は柏餅に歯を立てた。もっちりした歯ごたえが心地よい。きめの細かい餡《あん》が舌先に触れる。

——こし餡だ。おれ、こし餡の方が好きかもしれない。

実家を出て初めての、端午の節句だ。

かんざし六花の座敷では壁に薬玉を飾り、水を張った器に菖蒲を生けている。今日は店を手伝う予定なのだが、開店前に茜が「体力つけておきなよ」と柏餅を出してくれた。思わぬ役得であった。

「良い香りです」

さんごは、柏餅と緑茶にかわるがわる鼻先を近づけた。

「水月さん。このようにかぐわしい柏の葉が食べられないなんて、嘘のよう……」

「食べられぬと言うておるのに。こうやって、剝きながら食べよ」

水月が手本を示す。しかし、さんごはどうも納得がいっていないようだ。

茜はと言えば、穏やかに水月とさんごの睨《にら》み合《あ》いを見守っている。まるで孫を見守る祖母のようだ。

「さーんご」

声をかけると、さんごがこちらを向いた。

「葉っぱを剝いて、二つに割って食べてみな」

「えっ？　なぜですか、主」

「生まれたばかりの式神は、あまりたくさん食べられないんだろ。ね、茜さん」

「そうだよ。晴明様からの受け売りだけどね」

「確かに……。わたしが生まれた時に薄紫のお干菓子をいただいたけれど、一粒で満腹になりました」

「だろ？　今度もたくさんは食べられないかもしれないからさ。餅とこし餡を両方食べられるやり方にしよう。葉っぱだけで満腹したらもったいないだろ？」

「妙案です、主」

「じゃあ、箸を持ってこようね」

「かたじけのうございます、茜さま」

晴人は箸で柏餅を切り分けて、ごく小さな一切れをさんごに差し出した。

「ほら」

「いただきまする」

給餌される雛《ひな》のように、さんごはぱくりと食いついた。

「んん、濃厚です。身の端々に染みわたります」

どちらかと言えば甘さが控えめな柏餅なので、晴人は意外に思った。子どもの方が味覚が敏感と聞くが、式神も同じなのだろうか。

「満足しました。もう食べられません」

「ほんとに少しだなぁ」

「主、わたしの分までお上がりくださいな」

「任せろ」

決して少食ではないので、柏餅の二つや三つまったく負担にはならない。いつかさんごも、自分に似てたくさん食べるようになるだろう。

「しっかりお食べ。今日は晴人君に、お客さんとの商談を任せるからね」

晴人は緑茶でむせそうになった。

「商談？　いきなり重要な仕事じゃないですか」

「力まなくっていいよ。売り買いじゃなくってね、式神を育てる方の仕事」

「ですよねえ。びっくりした」

商談などと言うから、大きな金額が動く話かと思ってしまった。

「傍流三家の誰かが来て、式神を創造するわけですよね。おれと昌和さんに続いて、三人目」

「うん。会津柊家の那月《なつき》さんって、知ってるかい？」

「那月さん、名前だけは知ってます。三十歳くらいの女の人で、会津若松市の民芸品店で働いてる。親族会議には、ご両親やお兄さん二人のどっちかが来てました」

会津柊家とは、柊家のうち福島県の会津若松市に住む一家のことだ。昌和から最近電話で聞いた話によると、式神・楽土は、かつて那月にもらった赤べこの根付に影響を受けて生まれたらしい。

「ってか、早く会いたいです。式神の楽土」

「そうだねえ。私も晴明様も、電話で聞いただけなんだよ」

「自営業でお父さんだから、忙しそうっすよね。イワナガ様にも挨拶しなきゃだし」

イワナガは呪を解く条件として、上質な酒と、一族の子どもたちへの教育の徹底と、昌和が式神を持つことを要求した。現在、少なくとも一つはクリアしたわけだ。

「今日、こっちに来るそうだよ。昌和さん」

「えっ、そうなんですか」

「息子さんは学童保育のイベントに預けるんだって。乳母《めのと》を雇わなくても、今はちゃんと合同の施設があるんだねえ」

「め、めのと……。ボキャブラリーが古典文学だ」

「ははは」

快活に茜は笑った。もしや本当に古典文学の世界から来たのだろうか。

「話は戻るけど、晴人君。会津柊家の主な仕事を知ってるかい？」

「知ってますよ。会津若松市に伝わってる祇園祭《ぎおんさい》を守ることでしょ」

桔梗家の総領なので、すでに祖父や父親から教えられている。

「はて、会津若松の祇園祭となな？」

水月は知らなかったようだ。西陣の観世稲荷に仕えているのだから、東北地方の祭礼を知らないのも当然だろう。

「ハル坊よ、なぜ遠い会津に祇園祭があるのだ？」

「ずっと昔、鎌倉時代にね。会津に住んでいた武士が牛頭天王を信仰していて、牛頭天王の祭りである祇園祭を始めたんだよ」

「ほう。由緒が古いのだな」

「正式名称は、会津の田島祇園祭だったかな。京都の祇園祭とは様子が違うよ。京都と会津若松では土地柄も違うし、何しろ八百年も経ってるから」

「なるほど、時の流れは大きい。京都の祇園祭は月鉾《つきほこ》や函谷鉾《かんこぼこ》が有名だが、あれらも最初から登場したわけではないからな」

「祇園祭の山や鉾は、縦方向に長く伸びた形だよね。鉾は高い櫓《やぐら》のてっぺんに長い鉾を立てて、山は傘や木を立てて。でも、会津の祇園祭で巡行するのは別物」

「どのように違うのですか、主？」

「会津では大屋台といって、低くて幅広のどっしりした屋形を引くんだよ。屋根付きの歌舞伎の舞台に車輪がついててね。京都の山や鉾がキリンなら、会津の大屋台は大きな亀の怪獣みたい」

「動く歌舞伎の舞台？　想像できん」

「主、歌舞伎の舞台とはとても大きいのでは？　演じるのは子ども」

「六畳間みたいな、小さい舞台だよ」

バッグからタブレット端末を出す。話すよりも、見せた方が早い。

「動画があるんだ。茜さんも見る？」

「拝見するよ。使いこなしてるねえ」

お気に入りフォルダの中から動画を探していると、呼び鈴が鳴った。

「ちょっと待っておくれよ。たぶん昌和さんだ」

茜が玄関へ出ていく。

「主、楽土さんも来たのですね」

「先輩になるんだな、さんご」

さんごがそわそわと首を動かして落ち着かないので、晴人は首をなでてやった。

「いらっしゃい！　さっき晴人君と『楽土に会いたい』って話してたところだよ」

「お邪魔します。楽土は今、かんざしに収まってます。呼び出す時の合い言葉が恥ずかしいんですが」

「あはは、どういう言葉か知らないけど、観念おしよ」

笑いながら、茜は昌和を座敷に連れてきた。

「やあ、お揃《そろ》いで」

「ども、おつかれさまです」

挨拶を交わしつつ、晴人は昌和に新しい座布団を勧めた。

「ありがとう。何見てるんだ？」

「これから動画見るところだったんですよ。会津の祇園祭」

「おお。楽土にも見せていいかい？」

「ぜひぜひ」

「楽土にリクエストされた合い言葉を唱えるけど、笑うなよ？」

桐の細長い箱を取り出して、昌和はわずかに蓋をずらした。薬玉を模した花かんざしがちらりと覗く。

「楽土、楽土、ここに我が所を得ん」

昌和が唱え終わった直後、座敷にそよ風が吹いた。壁の薬玉が揺れ、やがて静まった時、白くつややかな塊が昌和の手に載っていた。会津の民芸品・赤べこを白くしたような姿だ。

「白べこだ！　可愛い！」

晴人は思わず拍手した。民芸品として完成度が高い造形であった。首がゆらゆら動いているところまで、民芸品の赤べこと同じだ。

「白くてコロンとして、餅みたいだ。すごいよ昌和さん」

「えっ、そうかい？　そして合い言葉へのコメントは無し？」

「言い回しからすると、漢詩でしょ。別に普通っすね」

「僕が自意識過剰みたいじゃないか」

「そんなこと言ってないっす」

「おやおや、縁起が良さそうだねえ」

茜は感心した風に楽土を見つめている。

「ハル坊！　わたしだって白くて可愛いぞ！」

毛を逆立てて水月が叫んだ。

「そういう問題じゃなくってさぁ。だいたい何で神様の御使いが式神に対抗意識を燃やしているんだよ」

「白き狐とは、かくも神々しいものか」

楽土が言葉を発した。ゆらりと首を揺らして、水月とさんごを見る。そして首を大きく下げた。会釈だ。

「観世稲荷の御使い、水月さま。その姿に影響を受けたという、先達のさんごどの。よろしくお願い申し上げる」

「ぬ、ぬ、こちらこそ、よろしく」

水月が恥じ入ったように頭を下げた。さんごもそれに倣う。

「先達といってもほんのちょっとです。うちの主ともども、よろしくお願いします」

——うちの主ともども、か。誰に似てこんなにしっかりしたんだ、さんごは？

考えているうちに、目的の動画を探し当てた。

大学に入ってから色々なサイトをお気に入りに入れたので、見つけるのに時間がかかってしまった。

「始まるよ。地元の人が撮った、去年の映像」

晴人はタブレットを座卓の真ん中に置いた。

夜の道路に響く掛け声で、その動画は始まった。


おーんさーん、やーれかっけろ。おーんさーん、やーれかっけろ。

画面に「おじさん、早く駆けろ」とテロップが出て、掛け声の意味を解説した。

屋根からぐるりと提灯《ちょうちん》を吊るし、床には欄干を取りつけた屋形が、法被《はっぴ》姿《すがた》の男たちに引きずられてくる。さながら、神社の一角を切り取って運んでいるかのようだ。

「ハル坊、豪華な平屋建てが走っておるぞ。金色の龍の飾りが眩《まぶ》しい！」

水月とさんごは、ぎょっとした目つきで動画に見入っている。楽土は昌和の手の上で、首も揺らさず凝視している。

「すごいねえ。全体で十二畳くらいあるんじゃないかい？　前半分が欄干付きの歌舞伎舞台で、後ろ半分が障子で囲ってあって」

「水月さんが言う通り、平屋建てを運んでるようなものだなぁ。それで『おじさん、早く駆けろ』だから、いやもう、力自慢にもほどがあるよ」

茜と昌和もしきりに感心している。

「この屋形を止めて、子どもたちが歌舞伎を演じるんだって。他にも、ご神職が牛頭天王に祝詞《のりと》を捧げたり、花嫁さんの格好をした人たちが練り歩いたりする」

「ほう……歌舞伎も花嫁行列も、京都の祇園祭にはない」

「でも、牛頭天王さまに祈願をするのですね」

授業を聞き終えた生徒のように、水月とさんごは頷きあう。

動画では大屋台の移動が終わり、鎧《よろい》武者《むしゃ》に扮《ふん》した子どもたちの歌舞伎が始まった。

「それでハル坊。会津の者たちは、どのようにして会津の祇園祭を守るのだ？」

「魔除けの鉾を持って舞を捧げるんだよ」

「今の京都の祇園祭の、車付きの鉾とは違うんだよな」

昌和が補足してくれた。

「そう。本来の意味に近い『鉾』。長い棒の先に刃がついてるような、槍《やり》や薙刀《なぎなた》のご先祖様。祇園祭の始まりも、武器のような鉾を立てたらしい」

「会津で使うのは、こういう鉾な」

昌和が手帳とペンを出して、絵を描いてくれた。

長い棒の先に、左右対称な諸《もろ》刃《は》の穂先がついている。

水月が言い、さんごが「葉っぱみたいですね」と相槌を打った。

「古い形の鉾だの」

「うん。実際、金属の板で植物の葉をかたどっているらしい。表には烏《からす》、裏には兎《うさぎ》が彫られている」

「金烏《きんう》と玉兎《ぎょくと》だね。陰陽道で金烏は太陽の象徴、玉兎は月の象徴」

茜が言った。晴明から陰陽師と式神の育成を依頼されているだけある。

「会津の祇園祭が時代に従って姿を変えても、鉾を用いた術は不変なんだね」

「うん。会津柊家は、陰陽道由来の鉾舞を継承して地域の神々に捧げ、会津の田島祇《たじまぎ》園祭《おんさい》を守ってる。亡者や邪《よこしま》な気が祭りの邪魔をしないように」

「大事な役割なのですねえ」

さんごは青い目をきらきらさせて、昌和の描いた鉾を見ている。

「これを振り回して舞うなんて、勇壮な人たち……」

「うーん、二十五年前に会った那月さんは、小さな女の子だったから……ちょっと想像できないなぁ」

昌和は懐かしそうに言った。

「今日、再会できるじゃないですか昌和さん。今度式神を育てるのは、会津柊家の那月さんなんでしょ？　楽しみ？」

「なんでいきいきしてるんだ、晴人君？」

「感動の再会かと思って」

「二十五年も経ってたら、向こうは覚えてないよ。当時、那月さんは七歳だ」

「えー。そっかなぁ」

「那月さんは、傍流三家の親族会議には来ておられないのですか？　二十五年間も」

さんごが質問した。

昌和が「さんごさん、いい質問」と受ける。

「毎回、親戚全員が集合するには場所が足りないからね。御両親は毎回出席しているけど、後は那月さんのお兄さん二人が交代で来てる」

「女子には出席の機会が少ないのですね？」

さんごは不満そうだ。

「鉾を振り回す舞は、どっちかと言えば男子向きだからね……。だから、お兄さんたちに仕事が任されがちなのかもしれない」

昌和は答えながらも困り顔だ。

他家の事情なので、あまり込み入った話は控えているのだろう。

「那月さん、京都にはずっと来てないんですよね。迎えに行きますか？」

晴人が茜にそう聞いたのは、初めてかんざし六花を訪れた時、少しばかりてこずったためだ。

「いや、晴明さんが会津若松から連れてくるってさ。新幹線を乗り継いで」

「二人旅ですか」

昌和は少し心配げな顔になった。

「突然ご先祖を名乗る人が来て、会津柊家の人たちも驚いたのでは……」

「大丈夫だよ。晴人君のおじい様からよく話しておいてくれたそうだから」

「そうですか、智晴さんが。桔梗家の当主も大変だ」

昌和の素朴な感想が、晴人の肩にのしかかる。

「将来が重い」

「将来が思いやられるのだな、ハル坊」

「水月、駄洒落《だじゃれ》で追い打ちかけるのやめて」

「主、主はまだ十九のお孫さんですから、当主の苦労は考えなくてよいのです」

さんごが、いたわるように尻尾をくっつけてきた。

「ありがとう、さんご。もふもふに癒《いや》される……」

「おお、そのもふもふは、俺も昌和にしてやりたい。だが、尻尾がなくてはな」

楽土が真剣な声で言い、昌和が噴き出した。

「牛の尻尾は、狐と全然違うよ。そのままでいいから」

楽土は首を上下に揺らして「おう」と返事をした。

「昌和さん。ご家族やイワナガ様には、楽土を紹介したんですか？」

「ああ、晴人君に言ってなかったな。妻とイワナガ様には楽土を会わせたけど、昌光には会わせてない」.

「何でですか？　楽土、こんなにいいやつなのに」

「いいやつだからだよ。昌光は絶対、自分も式神が欲しいと言う。何なら柏餅を十個賭けてもいい」

「そんなには要らないっす。でも確かに、お父さんが式神連れてたら自分も欲しくなりますよね」

「小学校低学年には、まだ早いと思う。ですよね、茜さん？」

昌和が茜に同意を求め、茜が「そうだねえ」と相槌を打つ。

その時、呼び鈴が鳴った。

「おや、足音が二人分。晴明様とお客様だね」

「全然聴こえないっすよ？　聴覚どうなってるんですか」

「冥官の聴覚は人間並みじゃないのさ」

玄関に出ていった茜は、すぐに戻ってきた。

「さあさ、お上がり。晴明様は、酒を買い過ぎじゃないですか？」

茜に続いて座敷に上がってきたのは、黒髪をショートカットにした小柄な女性だった。白く丸い顔に大きな目が、ある種の小鳥を思わせる。

「お邪魔いたします。会津柊家の那月と申します。姪の星乃が、大変ご迷惑をおかけしました」

――星乃？　木ぼっこ連れてたあの子？

あんぐりと口を開ける晴人をよそに、茜は「まあまあ、丸く収まって何よりだよ」と微笑んでいる。

――茜さん、そのうち分かるって、こういうことかよ！

「お久しぶりです」

昌和が立ち上がって那月に挨拶した。その手には楽土が載っている。

「白い赤べこ！　白べこ？」

素っ頓狂な声を上げた那月は、昌和をじっと見た。

「……昌和君ですか？　昔、親族会議でお会いした」

「昌和です。南天家に婿入りして苗字が南天になりました」

「新幹線で、晴明さんから聞きましたけど……その子が、楽土ですか？」

「はい。あなたがくれた赤べこの根付に影響を受けたみたいで」

那月は顔を真っ赤にして、手を両頰に当てた。

「どうしよう！　七歳のわたし、変なこと言ってなかったですか？」

「いや、牛は農業に縁が深いですし……。赤べこは京都にないし可愛かったので、印象に残ってたみたいです」

「良かったぁ」

胸に手を置いて脱力しかけた那月は、茜を見た。

「このたびは、よろしくお願いいたします」

「こちらこそ」

深々とお辞儀を交わした二人は、ある一点に視線を向けた。

那月に続いて入ってきた、晴明の荷物だ。

遠出だったためか、今日の晴明はスーツ姿だ。

日本酒のロゴが入った取っ手つきの段ボール箱を、軽々と手に提げている。

大きさから推測すれば、日本酒の四合瓶が六本入っているようだ。

「何人分ですか、晴明様」

にこやかに茜が聞いた。

「一本は、イワナガに捧げる分。一本は、隣の家への土産。残りは家で飲む」

「呑み助もたいがいにしてくださいよ」

「たいがいにしているが、会津若松は米どころでな。我慢は体に毒だ」

――興味があるのは米そのものじゃなくて、米を醸造した酒では……。

晴人は大いに疑問だったが、今日は那月との「商談」があるので追及するのはやめておいた。

「ところで、会津若松に妙な者がいた」

スーツの内ポケットから、晴明は一枚の呪符を出した。「封」の一字が目立つ。

「呪符に封じてきた。こちらを先にどうにかした方が良かろう」

那月は、信頼しきった目で晴明を見ている。

「茜の店があって良かった。家であやかしの類《たぐい》を解放すると、隣の娘が騒ぐからな。あやかしと話したがって面倒くさいかもしれん」

「はいはい。箱はこっちに置いておきましょうね」

茜は畳に風呂敷を広げると、晴明から酒の入った段ボール箱を軽々と受け取った。

「えい」

茜の細腕が、段ボール箱を風呂敷の上に据える。

ズンと重たげな音が聞こえたが、晴人は気のせいだと思うことにした。

＊

会津若松市には、大茶人・千利休《せんのりきゅう》の養子が匿《かくま》われていたことがある。名を千少庵《せんのしょうあん》という。

千利休と同じく、著名な茶人として歴史に名を残している。

利休が秀吉《ひでよし》から切腹を命じられた時、少庵を匿ったのが会津の武将・蒲生氏郷であった。理由は、蒲生氏郷が利休の弟子だったからららしい。しかしそれは、主君たる秀吉にとって面白くない行動でもあった。

柊《ひいらぎ》那月《なつき》は、蒲生氏郷の行動を立派だと思う。いい話だとも思う。

氏郷は師匠の息子を庇《かば》い、秀吉は氏郷を罰しなかったのだから。

少庵は会津若松に住んでいる間、氏郷のために麟閣《りんかく》という名の立派な茶室を創ってくれた。麟閣は解体と移築を経ながらも、現在も会津若松に遺っている。

赤べこを始めとする会津若松の張り子は氏郷が広めたらしい。異説もあるが、那月は断然、氏郷創始説を支持する。

会津の柊家はもともと現在の京北町に住んでいたが、氏郷が現在の滋賀県から会津に移る時に見いだされ、付き従ったのだと伝えられている。

それを思うと、蒲生氏郷は「推し武将」を通り越して「主君」だと感じられる。

氏郷への尊敬の念をもって、那月は会津柊家に伝わる鉾舞を十六歳の時から続けてきた。氏郷とともに会津を守ってきた、先祖たちが成してきた営為《えいい》だ。

しかし、ある時から不安が兆すようになった。兄二人が結婚して甥や姪《めい》が生まれ、会津柊家もひとまず安泰、となった頃からだ。

――私は、会津にとって必要だろうか。会津は、私に必要だろうか。

勤め先の民芸品店では、那月の担当する内装やＰＯＰが客に好評らしい。地元紙やネットニュースの取材で対応を任されることもある。

甥や姪も「那月ねえちゃん」と懐いてくれて、この間は姪が丸顔に丸い目の可愛い似顔絵を描いてくれた。

両親は、那月に関して「元気でいてくれればいい」と言う。

恵まれた生活なのだと思う。ただ、ぼんやりとした不安がある。

自分はこの土地に必要とされているのだろうか。自分にとっての理想郷は、果たしてこの会津若松なのだろうか。

金烏と玉兎を彫った鉾で舞う、鉾舞の儀式は兄や甥姪にも務まる。自分は、会津若松に住まねばならぬ理由を持っているだろうか。

どこかにいる青い鳥を求めるような気持ちが心の底に澱《よど》んでいる。

そんな生活に、二人の闖入者《ちんにゅうしゃ》が現れた。

一人は、遠い先祖の安倍晴明を名乗る青年だ。四月の末、両親がビデオ通話で桔梗家の当主と話していたかと思うと、その日の夕方には玄関先に琥珀色の髪の青年が立っていた。

スーツのポケットから桔梗家当主の紹介状を取り出したその青年は、麗しかったが怪しすぎた。

あからさまに警戒の表情を浮かべた那月に、晴明は動じなかった。

「金烏と玉兎の鉾舞を、続けてくれているのか。那月さんは」

その短い言葉が、那月の警戒心を解いた。

那月は十六歳の時から十六年間鉾舞を舞ってきた。

悠久の中で輝く月を意味する那月という名は、鉾に彫られた玉兎にちなんで両親が名づけてくれた。

鉾舞は、那月の根幹に関わる儀式なのだ。

それを大事に思ってくれる相手を、無碍《むげ》に扱うことはできなかった。だから、「京都に来て式神を創造してほしい」という話を受けたのだ。

もう一人の闖入者は、晴明よりも少し早く現れた。

四月の半ば過ぎ、会津若松の名所である鶴ケ城《つるがじょう》公園の桜が満開を迎えた頃だ。

公園内の茶室・麟閣の周辺に、一人の不思議な子どもがうろつくようになった。

頭はまん丸く、短い髪は白と黄色の二色、服装は裾を絞った動きやすそうな袴《はかま》。手には樹皮がついたままの棍棒《こんぼう》を持っている。

腰には口のすぼまった雫型《しずくがた》の竹籠を下げていて、釣った魚でも入っていそうな風体《ふうてい》であった。

人間の子どもだったら保護者を探して「棍棒なんて持たせないでください」と説教したいところだが、この子どもは普通の人間には見えないようだった。

棍棒小僧、と名づけたその子どもの存在を、那月は兄たちや両親に報告した。

人間に危害を加えないようなので会津柊家の面々で監視しておこう、と決まったものの、大事な麟閣周辺で棍棒を振り回しているのだから穏やかでない。

悪いものではなさそうだ、しかし放っておくのも気がかり――という時に、現れたのが晴明なのだった。

那月が語った棍棒小僧の話に、晴人は少しばかり同情した。自分が茜に会った日を思い出したのだ。

ウグイスに変化する女、鈴の音を鳴らす白い狐、屋根の上の女、と次々に未知の存在に遭遇して、内心てんやわんやであった。

この那月という大人の女性も、大事な茶室周辺によく分からない存在がうろついている時に「式神を創造しろ」と言われて、さぞかし内心面食らっているだろう。

「私もその子どもに会ったが、口を利いてくれなくてな。早く京都に戻りたかったので、手っ取り早く呪符に封じた」

＊

晴明が「封」の一字を記した呪符を座卓に置く。

ペーパーウェイトの代わりか、雪輪《ゆきわ》文様の形をした銀細工を載せた。雪輪文様の隅に直径一ミリほどの小さな輪っかがあるので、香立《こうたて》のようだ。

――おれも呪符を使いこなせるようになったら、香立か何かを用意しよう。

呪符入れもどこかで買おう、このかんざし六花で買えるだろうか……と晴人が考えていると、茜が「そうだ」と思い出したように言った。

「お話に聞き入って、お茶とお菓子が後回しになったよ。すまないねえ。那月さん、柏餅は好きかい？」

「はい、ありがとうございます！」

那月は溌剌《はつらつ》と答えた。対して、晴明は陰鬱な表情である。

「こし餡か、茜」

「こし餡ですよ、晴明様のお好きな」

「粒餡《つぶあん》もいけるが。ありがとう、いただこう」

――ご先祖様、こし餡派か。おれと同じだ。

今後も長い付き合いになりそうなので、一応覚えておくことにする。

「晴明さん。封じてきた物の正体は、見当がついてるんじゃありませんか？」

昌和が、確信している風に聞いた。

晴明は人差し指を出して、楽土の揺れる鼻先を軽くつついている。

「会津に住む茶の木の精だ」

あっさりと晴明は答えを言った。

「持っている棍棒は茶の木。白と黄色の髪は茶の花」

「茶の木って、見たら分かるような木材なんですか」

晴人も茶の木は見たことがある。椿を小さくしたような常緑の葉、丸っこい白い花弁と黄色い蕊《しべ》が印象的な植物だ。しかし木材の特徴はよく分からない。

「年の功だ。気にするな」

せいぜい二十代後半にしか見えない晴明に言われると、妙な感じだ。そのうち慣れるだろうか。

余裕たっぷりに柏餅を腹に収め、緑茶をいっぱいおかわりしてから、晴明は「封」の呪符を手に立ち上がった。

重石《おもし》にしていた銀細工の香立をポケットにしまってから、呪符から手を離す。ひらひらと宙に舞った呪符が消え、畳の上に一人の少年が立っていた。

手には棍棒、着ているのは裾を絞った袴、髪は茶の花そっくりの白と黄色。那月の言う棍棒小僧であった。

「どこだ、ここは」

棍棒を握り直して、少年は一同を見回した。

「京都の西陣にある『かんざし六花』っていうお店だよ」

那月が、しゃがんで少年に視線を合わせた。棍棒を持った相手になかなか勇敢だ。

「お前さんは、わしを見張っていた一家の一人だな？　顔と雰囲気が似ているから分かる」

「そう、会津の柊家。あなたは会津の茶の木の精って、ほんと？　晴明さんが言っていたけど」

「うむ。この木を見て分かったか」

晴明が少年を見下ろし「まあな」と答える。

「ねえ、茶の花小僧って呼ぶわね。会津の茶の木の精だと長いから」

「う、うむ？」

少年――茶の花小僧に向かって、那月はずいと膝を進める。

「蒲生氏郷と千少庵ゆかりの茶室に、何の用があるの？　麟閣は私たちの大事な文化財なんだけど」

「用も何も、我が友の本体だ、麟閣は」

「本体？　我が友？」

那月は座ったまま首を傾《かし》げた。

「茶室神《ちゃしつがみ》、というやつだ。年を経た茶室は心を持つ」

「付喪神《つくもがみ》なら聞いたことあるけど……。年を経た茶道具なんかが心を持つっていう」

眉根を寄せた那月は、助けを求めるかのように晴明を見上げた。

「屋敷《やしき》に宿るのは屋敷神《やしきがみ》、茶室に宿るのは茶室神。時々ある」

——あるんだ……。

知らなかったことが次々目の前に現れて、晴人は楽しくなってきた。わざわざ会津からやってきた那月の手間や気苦労を思うと、顔に出すのは憚《はばか》られるのだが。

「茶室神はほれ、この籠に入っておる」

茶の花小僧は腰の竹籠に手を添えた。

「ほう。千少庵が愛した花籠に似ている」

晴明が言うと、茶の花小僧は「おう！」と元気な返事をした。

「陰陽師と言っていたが、茶の湯にも造詣が深いのだな。お見それした」

「年の功だ」

——晴明さん、だいたいのことを年の功で済ませる気だな。

自分も長生きしたら使おう、と晴人は決心した。便利そうだ。

「麟閣の茶室神は、自信をなくしておる」

「どうしてっ」

怒りのこもった声を発した那月は、咳払《せきばら》いして「失礼」と言ってから言葉を継いだ。

「由緒ある茶室で、会津で愛されているから遺《のこ》っているのに」

「そうだよ、戦国時代の終わりにできた茶室が遺ってるって、すごくない？」

晴人は思わず口を挟んだ。那月が「うん」と応じてくれた。

「あやつも、茶室神も大事にされているのは分かっている。だが、去年の式典で黙禱《もくとう》する人々を見て、何やら気落ちしてしまったようだ」

——去年？　二〇一八年に何かあった？

晴人が首をひねっている間に那月は答えを見つけたようで「なぜ」と声を上げた。

「戊辰戦争《ぼしんせんそう》百五十年の、亡くなった人たちへの黙禱があったのを覚えてる。なぜそれで落ちこむの？」

——戊辰戦争。明治維新の時に起きた、幕府軍と政府軍の戦いだよな。学校で習う。

「茶室神は……自分ばかりが生き延びた意味はあったのか、と」

那月の表情が、怒りに似た様相を帯びた。

一瞬の間を置いて、泣きそうな顔になる。

「あの、すみません」

我ながら空気を読まない、と思いながら晴人は那月のそばに座る。

「会津は戊辰戦争の時に激しい戦いが起きたって、学校で習いました。その中で、小さな茶室が無事だったのって、どうしてなんですか？」

「移築したの」

那月が答えた。

「鶴ヶ城で戦いが起きる前、麟閣が燃えてしまうのを心配した人たちが、解体して別の場所へ移したの。移築先でも大事にされたみたい」

「だから、ずっと無事だったんですね」

「そう。鶴ヶ城公園……鶴ヶ城があった場所に戻ってきたのが、一九九〇年」

「えーと、戻ってきて二十九年ですね」

「うむ。二十数年の間、麟閣の茶室神は移築の疲れで眠っておった」

「あっ、だからわたし、会ったことないんだ。麟閣は何度も見学したのに」

「さよう。眠りから覚めたところに、戊辰戦争百五十年式典があった」

「でも、でも」

大人の雰囲気を纏《まと》っていた那月が、急に童女のような口調になる。

「人間たち……地元民の私たちは、ただ追悼したかっただけで」

「分かっておる。それは茶室神も分かっておるが……実感してしもうたのだ。自分を守った人々はすでに亡い。自分を守ってくれた者たちは、戦で苦しい死を迎えた、と」

――そんなスケールの大きな悲しみ、想像しようがないぞ？

しかし晴人にも、別れの悲しみは想像できる。

「つまるところ、戦の中で麟閣を守ってくれた者たちに、恩返しができない、と言って打ちひしがれているのだ。ここで縮こまっておる茶室神はな」

守ってやるかのように、茶の花小僧は竹籠を手のひらで包んだ。那月が、ふう、とため息をつく。

「晴明さん、茜さん。麟閣の茶室神さんを元気づけないと、式神を創造して京の結界を守るどころじゃなさそうです」

那月の負ったプレッシャーを思い、晴人は手助けしてやりたくなる。だが、十歳以上も年上の女性に何を言えばいいのか分からない。

「どうしようか、茜」

晴明に問われて、茜は艶然と微笑んだ。

「お茶とお菓子は頂きましたからねえ。次はきれいな物を見るに限りますよ」

「あ、茜さん。そんなこと言ってる場合ですか？」

晴人が慌てて反発しても、茜はけろりとしている。

「さあ出番だよ、晴人君」

「え、おれですか？」

「商談を任せると言ったじゃないか。この店にある品の中から、那月さんの力になり、那月さんの式神の苗床になる物をいくつか選んでおくれ」

「なるほど、候補を見繕うわけですか」

どこか暢気《のんき》に昌和が言った。

「晴人君、やってごらん」

「昌和さーん。奥さんがいる人の方が適任じゃないですか？」

「頼まれたのは君だから」

昌和の手で、楽土が「うむ」と頭を上下に振っている。主に同意しているのだ。

「晴人君。あの……」

那月がこちらに向き直る。丸い顔と大きな両目は、白い小鳥のようでもあり、雪だるまのようでもある。

「ずっと会津の民芸品ばかり見ていて、京都の和小物はよく分からないんだ。候補を出してくれると、助かります」

自分も京北町から引っ越してきて一ヶ月余りなのだが、引き下がるわけにもいかない。だいたい、会津と比べれば京北町はずっと京都の街中に近い。

「頑張ります」

力む晴人のかたわらで、さんごがふさふさと尻尾を振り、水月が鈴の音を立てた。

——元気づけてくれてる。

自分の式神と、押しかけではあるがお目付役の応援だ。応えねばなるまい。

「那月さんは鉾舞《ほこまい》を舞うから、それにちなんだ品がいいと思うんですよね」

分かったような口を利いているが、女性の持ち物の選び方など、実のところ皆目分からない。

靴を履いて暖簾を潜《くぐ》り、売り場に出る。

——ええと、月にちなむ物か、兎にちなむ物。

その二つに絞ってしまえば、思ったよりも楽だった。

兎柄の風呂敷や財布、大小の淡水真珠を兎の形に組み合わせたかんざし。

三日月や満月がモチーフの品は、もっと多彩だった。

晴人は茜から平たい籠を受け取ると、候補となる品々を一つ一つ入れていった。那月の髪はショートカットなので迷ったが、かんざしも籠に入れた。男性である昌和が薬玉の花かんざしを選んだのだから、問題はないはずだ。

——これ、きれいだな。那月さんの鉾舞ってきっとこんなイメージだ。

最後に晴人が選んだのは、月と兎の髪飾りだ。

細い金色の針金でできた櫛の上部に、絹で半立体的に作った白兎《しろうさぎ》と、同じように作った満月が仲良く並んでいる。

陳列棚には「押絵《おしえ》髪飾り」とあって、他には花と猫、花と鳥の組み合わせが並んでいた。絹で作ったこういう細工物を、押絵と呼ぶのだろう。

思えば祖母の部屋にも、押絵の髪飾りや、裏面に押絵をあしらった手鏡があった。

晴人は押絵細工を一つも持っていない。

しかし、祖母が愛し、茜が選んだ品ならば、押絵とは良い物なのだろう。

月と兎が並んだ籠を、大事に座敷へと運ぶ。

手首に光る一粒の桃色珊瑚が、自分を勇気づけてくれる気がした。

「お待たせしました」

茜に暖簾をめくってもらい、両手でそっと籠を畳に置いた。

座敷の面々が、何だ何だとばかりに寄って来る。

——和小物の行商をしてる気分だなあ。時代劇にこういう人いたよね。

「ハル坊、わたしはこっちの三日月の財布が好きだ」

「主、わたしは真珠の兎が好きです」

白い狐たちが色めき立ち、晴人は「ああもう」と嘆息した。

「言っただろ？　那月さんの式神の苗床を決めるの！」

「しかし楽しいではないか、ハル坊」

「お店屋さんごっこですね、水月さん」

「ごっこじゃないっての」

晴人は両手を出して、水月とさんごの頭をわっしわっしとなでた。

「僕は風呂敷がいい。新月から満月まで月の満ち欠けが描いてある、これ」

昌和が、濃紺に月の満ち欠けがプリントされた風呂敷を手に取った。

「昌和さんまで」

「酒関係がないな、晴人君」

晴明まで「お店屋さんごっこ」に乗ってきたので、晴人は頭を抱えた。

「あのねえ……」

「泣くなハル坊。晴明公は真顔で冗談を言いなさるのだ」

「泣いてねえよ」

一同を黙って見ていた那月が、すっと手を伸ばしてきた。

触れたのは、押絵細工の髪飾りだった。

「これ……満月と白い兎が並んでいて、鉾舞の鉾を思い出す。烏はないけど」

「はい、那月さんの名前に月があるから、烏より、月と兎がいいかなって」

「ありがとう」

礼を言ってから、那月は茜を振り返った。

「茜さん。髪に着けられなくても、苗床にできるんですか」

「もちろんだよ。昌和さんの選んだ苗床だって、薬玉の花かんざしだ」

「魔除けね、魔除けの意味！」

慌てた声で昌和が言い、那月は可笑しそうに笑った。

「私、これを苗床にします。月と兎の髪飾り」

「うん。桐箱があるから、入れて渡そうね。式神の名前は後で考えればいいから」

「はいっ」

那月の表情が明るい。晴人も、良かった、と思う。

「さあ次は、茶の花小僧が心配してる茶室神を元気づけるんですよね」

茶の花小僧を目で探した晴人は、口を大きく開けた。

竹籠から、一寸法師のように小さな青年が顔を出している。

「もしかして、麟閣の茶室神さん、ですか？」

晴人が尋ねると、青年は「いかにも。苦労をかける」と答えた。

「こやつも、つい最近までもっと大きかったのだ」

茶の花小僧が気の毒そうに言った。

「うそ……何とかしなきゃ」

那月は声を震わせ、両手を頬に当てている。いよいよ式神どころではなさそうであった。

第五話・了

第六話

茶室神と茶人狐

藤棚は花盛りの時期であった。

四人掛けのテーブル席から見上げれば紫の花が垂れ下がり、視線を庭の隅に投げれば井戸端に双葉《ふたば》葵《あおい》がハート型の葉を茂らせている。鉢植えにはスミレが咲いて、メジロが三羽戯れている。

今出川《いまでがわ》通《どおり》から煉瓦《れんが》造り二階建ての図書館を見た時には、こんな静かな裏庭があるとは思わなかった。

晴人は、大きな窓越しに図書館の一階を見た。背の高い本棚や一人掛けのテーブル席など、家具類はチョコレート色で統一されている。

利用客はコーヒーや紅茶をかたわらに、本を読んだり勉強したり、思い思いに静かに過ごしている。

――京都の街中、来て良かった。たとえじいちゃんの指示通りでも。

小さくなってしまった麟閣の茶室神を元気づけるために来た場所だが、晴人は自分の心身がくつろいでいるのを感じていた。

テーブルの上で休んでいる茶室神も同じ気持ちのようだ。那月が出してくれたハンカチの上に座り、安らかな表情で庭を眺めている。

「青い楓《かえで》に、いまだつぼみの南天の花。そして藤の花。春の終わりの風情なり」

茶室神は、短い髪に晩春の風を受けて気持ちよさそうだ。茶の花小僧は、壁にできたツバメの巣に見入っている。

「一羽が巣で卵を温めて、もう一羽が見回りをしているんだな」

我が子に聞かせるかのように、昌和が言った。

「巣の周りに、目の大きな網を垂らしてある。あれは何であろう」

茶の花小僧の質問に、昌和は「鳥除けだよ」と答える。

「ツバメは抜けられるけど鳥は抜けられないような網を垂らしてあるんだ」

「ほうほう。外壁が多少不格好になってでもツバメの巣を守ろうという心か」

茶の花小僧が言うと、麟閣の茶室神は「良きこと」とつぶやいた。

「安心してツバメの巣を見ておれる。花や緑とともに、良き時間を過ごせる」

麟閣の茶室神は、那月を見上げて「のう」と声をかけた。

「晴明公が『からくさ図書館へ行くといい』と言ったわけ、少し分かるように思う。茶室の心ばえに近いものを感じる」

那月は、何も言わずゆっくりうなずいた。

煉瓦造り二階建て、塀に囲まれた裏庭を持つこの洋館は、からくさ図書館という。

今出川通に面した門には「私立からくさ図書館」と看板が出ていて、洋館の扉を開けると閲覧室の受付デスクに縁なし眼鏡をかけた長身の青年がいた。

襟足を短く、前髪を長く垂らした黒髪を見て、晴人は（館長さんにしては若い）と思いつつ「初めまして。かんざし六花から」と話しかけてみた。

すると青年は小声で「館長です。お話は伺っていますので裏庭へ」と言い、玄関とは反対側の木製扉を開けた。そうして案内されたのが、今いる藤棚の下のテーブル席なのだった。

「さっきの館長さん、本当に小野篁《おののたかむら》なんだよな」

昌和が閲覧室へ目をやりながら言った。受付のデスクに館長はいない。デスクの裏にある「事務室」と札を掲げた部屋へ入っていったためだ。

「昌和さん、さっき晴明さんが言ってたじゃないですか。千二百年前に嵯峨天皇《さがてんのう》に仕えた歌人で、地獄通いの伝説がある小野篁は、今も閻魔大王の部下。表向きは私立図書館の館長をやってるって」

「百人一首の絵札では口髭《くちひげ》を生やした平安貴族だったから、つい確認したくなって」

「分かるよ、昌和君」

那月が同意した。

「私、初めて晴明さんに会った時も『どう見ても現代の人だ！』ってびっくりした。

けど、篁さんは現代人らしさを通り越して、京都の街に溶けこんでる感じ」

那月の言葉に、茶の花小僧と麟閣の茶室神が「うむ」とうなずいた。

「確かに……大学院生みたいでしたね。二十七、八歳くらいの」

「こういう外見が便利なんですよ。学生のふりも社会人のふりもできます」

突然聞こえた声に、晴人は背筋を伸ばした。

館長――篁が、茶の載った盆を手にドアのそばに立っている。冥官の聴覚は人間離れしている、という茜の話を思い出した。

「驚かせてすみません。うっかり気配を消してしまいがちなので」

「や、こちらこそ、噂《うわさ》などしてすみません」

昌和が詫びる。

「遣唐使派遣について嵯峨天皇を批判し、隠岐《おき》に流されても復帰を果たしたあの有名人、という認識だったもので、失礼を……」

「いえいえ。晴明様から聞いています。麟閣さんを多少なりとも元気づける品が、当館にあると言われたのですね」

「そうなんです。会津を離れて疲れてもいるだろうから、少庵好みの漆器を見せてあげるといいって……」

「会津漆器がうちにあるのを、覚えておられたんですね」

篁が持って来たのは、木の葉の形をした朱塗りの銘々皿だった。柔らかな曲線と潤んだ光沢を持ち、盛られた白の金平糖を引き立てている。

「ありがとう存じまする。これは花塗り。油を含んだ漆が、潤んだ艶を生む。木地も会津の木を使うておる」

「そこまで分かるんだ」

「ご名答です。おや」

篁が、茶室神の座るハンカチに目をやった。

「あなた、大きくなっていませんか？　お座布団が小さくなっている」

「え？」

那月が格子柄のハンカチに顔を寄せ、茶室神も自分の足元を見る。

「麟閣の茶室神よ、ちと立ってみてくれい」

茶の花小僧の言葉に従って、茶室神がハンカチの上に立つ。

「やはり大きくなっておるぞ。ついさっきまで、足の大きさがちょうど格子柄の四角と一致しておったのに、はみ出しておる」

「ややっ。よく見ておるのう」

茶の花小僧の言う通り、格子柄で織りなされた正方形から、小さな草履の爪先がはみ出している。

「晴明様の見込みが当たっていましたね。会津と千少庵にちなんだ物が、麟閣の茶室神を力づけた」

「調子、どう？」

那月が茶室神に聞いた。

「悪うない」

「しかし那月よ」

茶の花小僧が言った。

「麟閣の茶室神は普段、身の丈五尺近くあるのだ」

「五尺。一尺が三十センチくらいだから、身長百五十センチくらい？」

那月の心配そうな顔を見上げ、茶室神は「苦労をかける」とつぶやいた。

もともとの茶室神は、小柄な成人程度の身長だったことになる。

――まだ回復できてないいんだ。那月さん、式神を創造して会津に帰れるんだろうか。

「次の一手、二手が要りそうですね。……茶室神さん、金平糖は食べられそうですか？」

篁が聞くと、茶室神は銘々皿から両手で金平糖を持ち上げ、口をつけてみせた。

「完食できぬかもしれぬ。だが特大の飴《あめ》のようでなかなか乙だ」

「それは良かった。皆さんも、どうぞお上がりください」

「いただきます」

晴人は自分の銘々皿から金平糖を一つ取り、口に入れた。しゃりしゃりとした感触が面白い。

「ところで茶室神さん。少庵の愛した夜桜の棗《なつめ》を、ご覧になったことはありますか？」

「もちろんだ、館長どの」

——棗って、茶道の道具だっけ。抹茶を入れる。

晴人は記憶をたどる。大きさは手のひらに載るくらいで、棗の実を思わせる楕円形《だえんけい》から「棗」と呼ばれているのだったか。

「夜桜の棗は、あれは逸品であった。一見真っ黒な棗のようでいて、光の加減で満開の桜が現れる。茶席をともにする者たちは、手に取ってそろりそろりと動かして拝見したものよ」

とくとくと語った茶室神は、しかし急にうつむいた。

「だが、長い歴史の流れのうちに散逸してしもうた。いったいどこへ……いや、四百年あまりも経てば、元の夜桜の風情を残してはおらぬだろう。儚《はかな》い、儚い」

「写しが残っていますよ」

「なんと、まことか館長どの」

茶室神は身を揺らして驚いている。

写しとは、いわば複製品だ。本物ではないとはいえ、完成度は高い。

「京都市内の茶道《ちゃどう》資料館に所蔵されています。ご覧になればさらにお元気になると思いますが……あいにく、今は展示されていない。そこで」

篁は何かを確かめるように庭の隅を振り返り、そして閲覧室へ視線を送った。

受付のデスクにいる華奢《きゃしゃ》な人影が、こちらを見る。ガラス越しに室内を見たせいもあって、晴人は一瞬(人形かな)と思った。受付の人物はそれほど整った造型を持っていたし、クラシカルなワンピースが西洋人形を連想させたのだ。

ワンピースの裾をなびかせながら、人影がドアを開けて裏庭に出てきた。栗色の長い髪が薄い肩に流れ、胸元の柔らかさを強調しているように思える。平均よりもやや小柄な、二十歳前の少女であった。

猫を思わせる吊り気味の目が、挑むように篁を見た。篁は柔和な笑顔で少女の視線を受け止める。

——きれいな子だ。

晴人が見とれている間に、少女はテーブル席の全員に向けて優雅な一礼をした。

「この図書館の館長助手、滋野《しげの》時子《ときこ》と申します。よろしくお願いいたします」

「私は館長で、現世での仮の名を永見《ながみ》篁《たかむら》といいます。申し遅れましたが」

どこかおどけた風に篁は言った。もしや滋野時子という名も、現世での仮の名なのだろうか。

「時子様。お手伝いをお願いできますか？」

「そういう話だと思って、出てきたわ」

——えっ、時子、様？

晴人は耳を疑った。

篁は確かに、助手の少女を「時子様」と呼んだ。まるで自らの仕える主君のように。

「前に茶道資料館で、一緒に見ましたよね。夜桜の棗の写しを」

「覚えてるわよ。ライティングが工夫してあったから、夜桜の文様がきれいに浮いて見えた」

言いながら、時子は井戸端へ歩いていく。ワンピースの裾を軽くまとめてかがみ、双葉葵の葉を一枚摘んだ。

――何をするんだろう。

不思議に思って、晴人はつい前のめりになる。ハート型をした双葉葵の葉は、時子の細く白い指先に挟まれたままだ。

「時子様は、双葉葵の葉を自分が見たことのある物に変化させられます。ただし、この図書館の敷地内でだけ」

こちらへ歩いてきた時子が、白い手をひらめかせる。双葉葵の葉は消えて、時子の手には黒塗りの棗が収まっていた。

時子が手を動かすと、棗の表面に桜の花々が浮かび上がった。時子の手の中に、桜の咲く月夜が閉じこめられているかのようだ。

「あなたに」

時子が、茶室神の前で棗をゆっくり動かした。ほのかに光る夜桜も動く。

「何たる、懐かしさ。夜桜の棗に生き写し……いや、生き物ではないから、まさに『写し』。これが夜桜の棗の写し。今の世に、伝わっておるのだなぁ」

茶室神はテーブルのへりに立ったまま、差し出された棗に見入っていたが、突然飛び降りた。

ぴょんぴょんと跳ね、時子からもテーブルからも離れる。

どうしたんだ、と言いかけて、晴人は腰を浮かせた。

茶室神の姿が、先ほどよりも大きい。初めて見た時が一寸法師なら、銘々皿を見た直後は生まれたての子猫ぐらい、そして今は成長した猫の大きさだ。

「や、失礼した。銘々皿を見た時よりも力が湧いてきて、こりゃあ卓上で大きくなるわけにはいかんと思うて」

茶室神は照れたように笑った。

「ファインプレーだわ」

時子は一方の手でワンピースの裾をまとめてかがみこみ、もう一方の手で夜桜の棗を差し出した。

「今なら、自分で持てるかしら」

「ぬ。こりゃ、棗というより茶釜を持つようだ」

がっしりと両腕で茶室神は棗を抱え、角度を変えては表面の夜桜を楽しみはじめた。

時子は楽しそうに見守っている。

昌和も那月も茶の花小僧も、テーブル席から微笑ましげにその様子を見ていた。

——すごいな。時子さんもだけど、この図書館の敷地がよほど特別なんだ。

晴人は、図書館の館長である篁を見た。

篁もまた時子と茶室神の様子を微笑ましく見守っている——と思いきや、縁なし眼鏡の奥の切れ長の目は、笑っていなかった。

笑わず、口元だけを微笑の形にして、鋭い視線を茶室神に投げている。

——篁さん、茶室神に親切にしておきながらなぜそんな顔を。

晴人は、まさか、と思い当たる。

——時子さんと茶室神が楽しそうだから、嫉妬している？　まさかね。

晴人の勘繰りを知ってか知らずか、篁の表情は柔和な雰囲気を取り戻した。

「晴明様は普通の会津塗を期待したようですが、たまたま茶道資料館に足を運んでおいて良かった。御礼を兼ねてまた行かなければ」

「あっ、おれも行ってみたいです。場所どこですか」

茶道資料館の場所を篁に聞いていると、時子が立ち上がって閲覧室の方を見た。

「お客様が」

窓越しに見れば、受付のデスクの前に利用客が一人立っていた。手には備え付けの小さなハンドベルがある。スタッフ呼び出し用なのだろう。

「行ってくるわ。茶室神さん、喜んでもらえて良かった」

「かたじけのうござる」

早足で木製扉に駆け寄り、時子は館内に戻っていく。利用客がハンドベルをデスクに置いて、時子に軽く会釈した。

「ああ、私まで貴重な物を見せてもらっちゃった」

感じ入っている風の那月に、茶室神がてくてくと歩み寄る。

「那月どのもご覧なされ。茶の花小僧も」

「ありがとう」

「拝見しよう」

会津から来た一行が和気《わき》藹々《あいあい》と夜桜の棗を囲むのを見て、昌和は顔をほころばせている。

「あ、そうだ」

突然思い出した、という顔で昌和は篁を見る。

「時子さんですが、奈良県の葛城《かつらぎ》一言主神社《ひとことぬしじんじゃ》とご縁のある方でしょうか」

「と言いますと？」

軽い語調で篁が問う。しかし目つきが妙に鋭い。昌和の問いは、触れてはならない場所に触れたのだろうか。

「まるきり私の勘違いかもしれませんが……。九年前、葵祭の頃に下鴨神社の糺の森で、似た顔立ちの幼い女の子を見ました」

「そうですか」

出方を測るかのように、篁の答えは短い。

「女の子は歩きながら、一言ずつ区切るようにこう言っていました。『今年も、葵祭。つつがなし。今年も葵祭、つつがなし。葛城一言主神、お祝い、申し上げる』と。歌って、葵祭の開催を言祝いでいるようでした」

「ああ。葛城から葵祭の様子を見に来るんですよ。あの神様は」

篁の表情が和らいでいるのを見て、晴人は安堵した。

「そうだったんですね」

「京都の賀茂族は、葛城から来て賀茂社を造ったのでね」

賀茂社とは、現在の上賀茂神社と下鴨神社を合わせた古い呼び名だ。

「なるほど、普段は奈良県の葛城にいて、大事なお祭りの時期は京都へ様子を見に来るんですね」

昌和は話題を時子の顔立ちからそらしている。篁の発した殺気のようなものを感じ取ったのだろう。

「神が人間の姿を借りるのは、よくあることです」

「なるほど」

昌和がうなずいた。

なぜ葛城一言主が時子の顔かたちを借りたのか、問うつもりはないようだ。踏みこまない方が良いと判断したのだろう。

——まさに、触らぬ神に何とやら。

詳しい事情は分からないが、時子が葛城一言主神や賀茂社に関係が深いことは窺い知れた。そして、篁が時子に抱く尋常ならぬ執着か庇護欲《ひごよく》も感じ取れる。

——一見優しそうだけど、怒らせたら駄目だ。

島流しされて戻ってきた経歴や晩年の地獄通いを思い起こして畏怖に打たれていると、昌和に腕をつつかれた。

——あっ、お酒を持ってきたんだった。

卓上には、風呂敷に包まれた日本酒の四合瓶がある。裏庭で見た色々に気を取られて、手渡すタイミングを失ってしまっていた。

「篁さん。これ、晴明さんから会津のお土産です。渡すの後になっちゃって……」

おそるおそる風呂敷包みを差し出す。

那月が「会津の蔵元のお酒です。会津のお米『まいひめ』一〇〇%使用！」と説明をつけてくれた。

「ありがとうございます」

篁の表情が明るくなる。

「そう言えば、晴明様ご自身で会津へ那月さんを迎えに行ったんでしたね」

「はい、晴明さんと京都に向かう前に、一緒に選んだお酒です。自分用やお隣さん用も含めて、六本も買ってくれたんですよ。会津人としてすごく光栄です」

「はは。あの方の場合は、純粋に酒好きなのもありそうですが。そうですか、お隣さんにも買いましたか」

風呂敷包みを大切そうに両手で持って、篁は嘆息する。

「お隣に住んでいるお弟子さんに、良い影響を受けているみたいですね。晴明様は本当に、現世で生き生きとしておられる」

――隣の娘さんのこと、あやかしに会わせると面倒、みたいに言ってたけど、お弟子さんだったのか。

晴明の弟子というからにはそこその年齢に違いない、と思っていたのだが、娘と呼ばれるような年齢らしい。

「おれ、晴明さんのこともっと知りたくなりました」

「ははは。呑兵衛《のんべえ》で隠居したがりですが。まあ二十歳になったら晩酌の相手でもしてあげてください」

隠居したいのに結構忙しそうだな、と晴明を気の毒に思っていると、スマートフォンに着信があった。晴明からのメッセージだ。

「あ。『様子はどうだ』って」

「短いですねえ。晴明様らしいですが」

「何て返そう。『篁さんの会津塗と時子さんの出した夜桜棗で、茶室神が猫サイズになりました』かな」

返信すると、待っていたかのように返事が来た。またしても短い。

「『哲学の道沿い。吉報庵《きっぽうあん》へ行け。宗旦狐《そうたんぎつね》に連絡しておく』……どういうことだろ」

「本当にもう、あの上官は」

篁が呆れた口調で言った。「あの方」が「あの上官」に変わっている。

「千少庵の息子の一人、千宗旦《せんのそうたん》に化けた狐が、茶室を営んでいるんですよ。観光客や初心者向けの抹茶体験が好評です」

「何ですと、少庵どのの息子。会《お》うてみたい、いや、ぜひ会いたい」

茶室神が跳ねる。茶の花小僧も「あの有名な」と頬を紅潮させている。

「京都の街中、すごいですね。おれ、来て良かった……」

「白昼堂々、冥官も狐も活動していますす。百鬼夜行どころじゃないですね」

篁は、閲覧室にいる時子に日本酒の瓶を掲げてみせた。

時子は眉を吊り上げ、首を横に振る。篁が「飲むのは閉館後ですよね、やっぱり」

とつぶやくと、うなずいた。

どういう間柄なのかよく分からないし詮索も危険そうだが、篁と時子は阿吽《あうん》の呼吸で通じ合っている様子であった。

*

からくさ図書館から吉報庵までは、歩いて行ける距離であった。

今出川通に出て東へ真っ直《ます》ぐ歩くと、道の名は「哲学の道」に変わる。疏水の両側に石畳を敷いた、桜並木の小道だ。今は葉桜が淡い緑のトンネルを形作っている。

「このまま行くと銀閣寺の参道だけど、その手前で右に曲がって、南に進みます。哲学の道はほとんどが、疏水と東山山麓に沿った南北の道なんです」

篁に描いてもらった地図を片手に、晴人は那月に説明した。茶の花小僧は昌和に肩車され、茶室神は茶の花小僧の頭に乗って、前方の大文字を眺めている。

「晴人君、もう慣れてきたんだね、こっちに来たばっかりなのに」

「うーん、まあ」

晴人は言葉を濁した。

京都市街全体に詳しくなったわけではない。八重桜の咲いていた頃、祖父の指示通りに真如堂へ行くのが嫌で寄り道したから知っているだけだ。

「で、山沿いに歩いていく途中で、左に折れて山裾へ入ると『吉報庵』って看板が出ているので、そのまま竹垣に囲まれた道を進んでくださいって」

「観光客の目につかない場所にあるんだね」

「知る人ぞ知る場所ですよね」

南へと疏水沿いに歩く。葉桜の下で紫陽花《あじさい》が薄緑の花芽を膨らませ、澄んだ流れに黒く大きな鯉が泳いでいる。

――初めて茜さんと出会った道だ。

一ヶ月も経っていないのに、遠くへ来た気がする。

今、自分の手首には一粒の桃色珊瑚があり、白い狐の姿をした式神が宿っている。

「晴人君。私の式神の名前だけど」

「はい」

「お米にまつわる名前にしたい。さっき、会津のお酒が喜ばれて嬉しかったから。どうかな」

「ああ、いいと思います。『まいひめ』っていうお米の名前もきれいだし」

率直に感想を言うと、那月は「ふふっ」と笑った。

「ありがとう。鉾舞の舞手《まいて》の式神が『まいひめ』だと何だか気取りすぎてるから、もう少し平凡で、お米っぽい名前にしたいな」

「僕も賛成。米は素晴らしいぞ」

昌和が断言した。

肩車された茶の花小僧が「米が好きか」と尋ねる。

「うん。もう通り過ぎちゃったけど、銀閣寺参道の『けいほく茶屋』は、僕が住んでる京北町の米を使ってる。銀閣寺の湧き水とも相性が良くてね。良い米は良い水と協力して美味《うま》いものを作るんだ。おにぎりでも、酒でも」

「水が大事。茶と同じだな」

茶の花小僧は、米に対して仲間意識を覚えたようであった。

晴人は、那月の選んだ式神の苗床を思った。兎と満月が並んだ髪飾りだ。

「月で兎が餅つきをしてるって伝承もあるから、米にまつわる名前の式神、おれも賛成です」

「良かった。よく考えたら、お餅も、おにぎりも、お酒も、月見団子も米だね。水と合わせて美味しくなる」

「水って言えば、那月さんの強みって、木火土金水のうちどれなんですか？　聞いてなかったです」

「んー……」

那月は言いにくそうに、数秒沈黙した。

「晴明さんが言うには、火気なんだって。炎上の性質を持つ火の気が、私の強み」

──意外だ。

那月は、火のような激しさとはあまり縁がないように思える。

「いまだに『ええーっ、火ぃ？』と思っちゃう。火に怖いイメージがあるから」

「そんな怖い感じしないですよ。那月さんは」

「うんうん。火は食材を調理できるし、暖もとれる優れ物でもある」

昌和が言い添える。

「それにさ。炎上するということは、天に向かって伸びるということだよ。稲穂と同じ。炎も稲穂も、上へ上へ伸びていくだろう？」

昌和の言葉に、那月が一瞬天を仰ぐ。

「今、すごく素敵な話聞きました」

「へへへ。あの時の赤べこのお礼ができてれば幸いです」

「鉾舞も、天に向かって鉾を立てる動作があるの。表に彫られた金烏は太陽の象徴、裏に彫られた玉兎は月の象徴。鉾を立てることで、地上と天をつなぐ」

自分で自分に言い聞かせるような口調で那月が言う。

「那月さんの強みである火気も、金烏玉兎の鉾も、稲穂も、天を目指すんですね」

だとすれば、火気とは天に近づく力とも言えるだろうか。

――おれ、ちょっと前まで自分の事情ばっかり考えてたな。

桔梗家の総領でありつつ普通の学生生活をこなしていることの自負。

亡者と口を利かないよう気をつける大変さ。

今年の八重桜の頃までは、それらばかりが頭を占めていた気がする。

「私の式神の名前、稲穂にちなむ名前にしたい。『穂波《ほなみ》』って、どうかな？」

晴人の心の内に、金色《こんじき》の水田が広がった。

京北町にも水田がある。夏には苗の青い匂い、秋には稲穂の匂いがする。

「穂波。ぴったりだと思います。米どころの式神に」

「決まりだね。……穂波、よろしくね」

髪飾りが入っているバッグに、那月は呼びかけた。そして振り返ると、茶の花小僧の頭に乗っている茶室神を見上げた。

「ごめんね。自分の式神の心配ばかり」

――那月さん、おれと似たようなこと考えたんだ。気にしなくていいのに。

内容の似た自責でも、他人事《ひとごと》になると「気にしなくていいのに」と思う。晴人にとってはちょっとした発見である。

「構わぬよ。那月どのが陰陽師として成長した方が、会津の茶室神には心強い」

言った後で、茶室神は「おっ？」と声を上げた。

茶の花小僧も「おっ」と言う。

「言葉には力があるのう、麟閣の茶室神よ。お主は今、自らを『会津の茶室神』と言い、会津の陰陽師の存在を心強いと言った」

茶の花小僧は、雄々しいほどの太い声で言う。

「さあ、もうわしの頭から下りよ。大きゅうなってきたのが分かるぞ」

「おうよ。那月どの、晴人どの、どいてくれい」

茶の花小僧の頭から、茶室神がひょいと跳ぶ。石畳に降りた身体は、二、三度たたらを踏んだ。

「よっ、と」

体勢を立て直した茶室神は、猫の大きさから人間の幼児の大きさへ、そして少年の背丈へと変化していく。

「稲の成長を早送りで見てるみたいだ」

茶の花小僧を肩車したまま、昌和がつぶやく。

「昌和どの、下ろしてくれい。背比べをする」

地面に下りた茶の花小僧は茶室神と向かい合い、自分の頭に拳をのせた。

「茶室神の本来の背丈は、わしの背丈よりわしの拳一つ分高いのだ」

「どれどれ」

昌和も晴人も那月も、頭を寄せ合うようにして見分にあたる。

「拳一つ分、茶室神の方が高い」

晴人の言葉に、昌和も那月も「うん」と同意した。

「戻ったんだね。茶室神さん」

「おう、おかげさまでな」

本来の大きさを取り戻した茶室神は、那月とほとんど変わらない背丈だ。年の頃も近いので、まるで友人同士に見える。

「わたしも茶室神さんのおかげで、会津で生きる意味ができたよ」

茶室神と一緒になって、晴人は「え?」と聞き返した。

——那月さん、会津で生きる意味を見失ってたんですか。聞いてないよ。

愕然《がくぜん》とした後(そりゃ会ったばかりのおれに言うわけないか)と思い直す。

「茶室神さん、わたしが元気に陰陽師やってると、心強いんでしょう?」

「うむ。わしはただの茶室神で、人間のようにともに生きられぬが……」

「また、人間が先に死んじゃうのが心配?」

「麟閣が先に壊れるかもしれぬ。人間も茶室も、長い歴史の中では儚い」

「だからこそ、大事にする。会津柊家の中で、茶室神さんの悲しみを知ったのは私が最初だもの」

言い切った那月が、晴人には眩しく見えた。人間の生の短さを意識した上で何かを決断するには、勇気が要るに違いない。

「おや、もしや桔梗家の方どすか」

疏水の対岸から声をかけられて、晴人は振り返った。

五十歳くらいの和服を着た男性が、橋を渡って歩いてくる。目立つ顔かたちではないが、ひどく惹きつけられる佇まいだ。

「茶の湯を楽しめぬほど小さくなったとお聞きしましたが、麟閣の茶室神はんは、すでにご本復《ほんぷく》のご様子」

目尻に皺を寄せるその顔は、茶室神にどこか似ていた。千少庵の息子、千宗旦に惚《ほ》れこんでその姿に化けたという宗旦狐だ。

「桔梗家の晴人です。吉報庵の方ですね？」

「ええ。宗旦師匠のお父上が作らはった麟閣、その茶室神がおいでになると聞いて、待ちきれずお迎えに上がった次第」

「お手間かけてすみません。来る途中みんなで色々話をするうちに、ついさっき大きくなって」

「お元気にならはったなら、何より。せっかくの機会や、吉報庵でお茶を一服いかがどすか？」

「ぜひとも、お願い申し上げる！」

大きな声で答えたのは、茶室神だった。

「わしは、自分の作り手たる少庵どのから、息子の宗旦どのの話を聞いて、焦がれておったのです。京都にいる息子の宗旦は、いずれ茶の湯を広く知らしめてくれると」

「狐にまで広まりましたな」

にっと笑った宗旦狐の顔は、やはり茶室神に似ていた。茶室神は、作り手である少庵に近い姿なのかもしれない。

「さ、こちらへ。山裾へ行けば、涼しゅうなります」

宗旦狐について橋を渡ると、間もなく「吉報庵」と看板のかかった塀が現れた。竹塀に囲まれた石畳の道を、宗旦狐に先導されて歩く。

「晴明公も、忙しおすなぁ。お弟子さんを取らはった上にさきがけ祭、さらには式神と陰陽師を育てはるとは」

「はい。式神に関しては、かんざし六花の茜さんが手伝っています」

「我が主も、お手伝いしています！」

張り切った声とともに、左手首の組紐ブレスレットが揺れた。

桃色珊瑚が光り、石畳に白い狐が舞い降りた。

「やや、可愛らしい狐さんやなぁ。なるほど、こちらが桔梗家総領の式神」

宗旦狐に注目されて、さんごは誇らしげに尻尾を立てた。

「さんご。びっくりするじゃないか」

「主たちばかり見聞を広めて、悔しい。わたしも夜桜の棗を直接触りたかった」

「そりゃ悪かったけどさあ。あまり大勢で行っても篁さんたちが困ると思って」

「楽土、楽土、ここに我が所を得ん」

昌和が合言葉を唱えた。

白く丸っこい牛が飛び出して、昌和の手に乗る。

――昌和さん、合言葉を恥ずかしがってたくせに。

さんごの得意げな様子を見て、昌和も式神も紹介したくなったのかもしれない。

「こちらは僕の式神で楽土といいます」

「おお、白い赤べこ。名前は『詩経』からですな」

物珍しそうに楽土を見てから、宗旦狐は那月を見た。

「そちらのお嬢さんも、式神をお持ちですか」

「あっ、お嬢さんって年じゃ、いやいや、私は、苗床を選んで名前を決めたばかりなんです。穂波、と」

「那月さん。苗床の髪飾りだけでも見てもらったら。きれいだから」

晴人が勧めると、那月は「うん」とバッグから桐箱を取り出した。昌和が花かんざしを入れている物よりも小さいが、蓋がスライド式なのは同様だ。

「穂波、穂波。開けるよ」

桐箱の蓋がずらされる。

「ええ。我が主、那月」

女性の声がした。那月を主と呼んでいる。

「もう返事してくれるのっ？」

驚きながらも、那月はさらに蓋をずらす。

押絵の兎と満月が見えた直後、晴人は風圧を感じた。

「ええ、我が主。穂波はここに」

金色の大きな兎が、赤い目を光らせながら言った。

後ろ足で立って、那月の膝に前足ですがりついて。

「穂波、大きいね？　しかも金色だっ」

那月が桐箱の蓋を閉じ、金色の兎の頭をなでる。

「カラーリングで予想を裏切ってくるかぁ。楽土と同じだなあ」

昌和が言うと、楽土は「ふん」と鼻先を上げた。

「俺は昌光の玩具に色を合わせたまでよ」

「さすがは晴明公のご子孫たち。それぞれに個性豊かな式神を創造しはった」

「宗旦狐さん、それっておれたちクセが強いって意味ですか？」

「ほっほっほ。クセもアクも、現世では有用どす」

楽しそうな口調で言い、宗旦狐はまた歩きだした。

「晴人はん」

宗旦狐が背を向けたまま呼ぶ。はい、と晴人は返事をする。

「宗旦師匠に惚れこんだ狐が、宗旦師匠の御子息の作品――麟閣と、茶を楽しめるとは。誠に嬉しいご縁どす。式神を育てるお仕事、茜さんと一緒にぜひとも気張っておくれやす」

「はい。茜さんと一緒に、かんざし六花で」

噛みしめるように、確かめるように、晴人は言った。

視界が開けて、初夏の庭園が目の前に広がった。

第六話・了

あとがき

この本を手に取ってくださって、ありがとうございます。新シリーズの開幕です。

安倍晴明の直系子孫は、応仁の乱で戦火に見舞われた京から北へ逃れて、現在の福井県名田庄《なたしょう》に住んだと伝わっています。

晴人が生まれ育った桔梗家は傍流の子孫であり、作者の創作です。直系子孫ほど北へは行かず、現在の京都市右京区京北町に定住しました。

南天家の昌和が京北町の食材を卸している「けいほく茶屋」には、モデルがあります。銀閣寺参道にある「御米司ふみや」様です。作者がお邪魔した時は京北町のお米で作った美味《おい》しいおにぎりをテイクアウトしました。

ちなみに第三話「木ぼっこと少女」の銭湯を改装したカフェは、同じ西陣にある「さらさ西陣」様を参考にいたしました。

本作では依《よ》り代《しろ》を「苗床」とも言い、式神の育つ場所であることを強調しています。

水気が強みの晴人の式神はさんご。依り代は、深海で育った珊瑚《さんご》に絹の組紐《くみひも》を通したブレスレット。

土気が強みの昌和の式神は楽土。依り代は、厄除《やくよ》けの薬玉《くすだま》を模した花かんざし。

火気が強みの那月の式神は穂波。依り代は、押絵細工の兎《うさぎ》と満月を飾った櫛《くし》。

彼らはそれぞれの式神とともに、からくさ図書館のある世界で活躍の場を広げてくれることでしょう。次巻以降、ゆっくり増えていく陰陽師《おんみょうじ》の卵たちにもご期待いただけましたら幸いです。


那月が生まれ育ったのは、福島県の内陸部に位置する会津地方の柊家です。会津に移住した一族なので、傍流三家では会津柊家と呼ばれています。会津は小京都の一つということで、初めて東北地方を小説に書くことになりました。

第三話「木ぼっこと少女」でこけしが歌っている「おらほの温泉　あいばんしょおらほの温泉　きはらんしょ」は会津弁で「私たちの温泉へ行きましょう。私たちの温泉へお越しください」という意味です。

行った経験はまだないのですが、福島県は懐かしい地名です。デビュー作『霧こそ闇の』のあとがきに書いた「あなたはきっと世に出る人だから」と言ってくれた人は、福島県の出身だからです。

呪文にも等しいその言葉を受け取ったのは、二十三年も前のことでした。将来や素質について励ましの言葉をくれた人たちは他にもいましたが、「世に出る」という観点で強く断言してくれたのは、大学の同級生である彼女でした。

懐かしい思いで、このあとがきを書いています。

彼女の呪文の通りになった後、先人の業績に何かをプラスしたり、誰かを助けたりできているだろうか——と自問してみました。答えは「まだまだ精進せねば」といったところです。


少々昔語りが過ぎました。

このシリーズも今まで同様、「からくさ図書館のある京都」の住人たちがたびたび出てきます。茜の場合は『からくさ図書館来客簿』第二集で初めて登場しました。こちらの主人公は第六話「茶室神と茶人狐」に登場した篁館長です。

各シリーズは単独でも楽しめるように書かれていますが、関心を持たれた方はぜひ『からくさ図書館来客簿』もご堪能《たんのう》ください。もう読んだという方、いつもありがとうございます。

作者は今、土を落としたばかりの新鮮な生落花生をゆでています（自動調理器なので目を離しても大丈夫）。京都府内の八百屋さんの自社農園で作られたものです。昌和の仕事を書く上で、この八百屋さんから届く美味しい野菜も大いに参考になりました。キュウリのヘタ部分を切ってこすり合わせても全然アクが出なくて感動したせいか、気がついたら「けいほく茶屋」の新商品にキュウリの漬物が出ていました。

本シリーズでは、このような京都の街中と他の地域とのつながりをも書いていきます。次巻を楽しみにお待ちいただけましたら幸いです。

今回も多くの方々にお世話になりました。担当編集者の清瀬《きよせ》様と大澤《おおさわ》様、校閲担当様。魅力的な装画を描いてくださったユウノ様。装丁で美しく仕上げてくださったＣａｔａｎｙ ｄｅｓｉｇｎ様。印刷や配送、販売に関わってくださった方々。

そしてここまで読んでくださった皆様に、心より御礼《おれい》を申し上げます。

仲町六絵《なかまちろくえ》

〈主な参考文献〉
『図解 茶の湯人物案内』
八尾嘉男　著／淡交社
『歴史散歩⑦　福島県の歴史散歩』
福島県高等学校地理歴史公民科（社会科）研究会　編／山川出版社
※ここに挙げた他にも、多くの文献を参考にさせて頂きました。著者・編者・出版社の皆様に御礼申し上げます。

＜初出＞

本書は書き下ろしです。

この物語はフィクションです。実在の人物・団体等とは一切関係ありません。

メディアワークス文庫

あなたと式神《しきがみ》、お育《そだ》てします。
~京都西陣《きょうとにしじん》かんざし六花《りっか》~

仲町六絵《なかまちろくえ》

2021年12月25日　初版発行
2023年5月30日　再版発行

発行者　山下直久
発行　株式会社KADOKAWA
〒102-8177　東京都千代田区富士見2-13-3
0570-002-301（ナビダイヤル）
装丁者　渡辺宏一（有限会社ニイナナニイゴオ）
印刷　株式会社KADOKAWA
製本　株式会社KADOKAWA

●お問い合わせ
https://www.kadokawa.co.jp/（「お問い合わせ」へお進みください）
※内容によっては、お答えできない場合があります。
※サポートは日本国内のみとさせていただきます。
※Japanese text only

※定価はカバーに表示してあります。

Printed in Japan
ISBN978-4-04-914064-4 C0193

メディアワークス文庫　https://mwbunko.com/

本書に対するご意見、ご感想をお寄せください。
あて先
〒102-8177　東京都千代田区富士見2-13-3
メディアワークス文庫編集部
「仲町六絵先生」係